講談社文庫

前夜

奥右筆外伝

上田秀人

講談社

目次

奥右筆外伝

前夜

第一話　立花併右衛門の章

男は役に立たない。

妻の出産を待つだけの夫というのは、なんとも身の置きどころのないものである。立花併右衛門《たちばなへいえもん》は、産屋《うぶや》となった奥の間前の廊下をあてどもなくうろついていた。

「あのような声を津弥《つや》が出すとは……」

併右衛門がなんとも言えない顔で困惑した。

妻の津弥は、あまり身体《からだ》が丈夫ではない。そのためか生来大人《おとな》しく、声を荒らげたことさえなかった。その津弥が襖《ふすま》ごしでも聞こえるほどのうめき声をあげていた。

「どうすればいいのだ」

なに一つできず、併右衛門の顔色は悪かった。

朝から昼まで続いた苦悶《くもん》のときは、明るい産声の到来をもって終わった。

「……生まれた」

廊下に併右衛門は膝《ひざ》をついた。

「旦那《だんな》さま、どうぞ」

それからしばらくして、ようやく産屋の襖が開き、入室の許可が出た。

「津弥」

「おまえさま」

薄暗い産屋のなかほどで、妻が疲れ果てた顔をしていた。

「女の子でございました」

津弥が申しわけなさそうな顔をした。

跡継ぎなきは断絶。緩和されたとはいえ、これは幕府の決まりである。旗本の正室は、なんとしても男子を産まねばならなかった。

「なにを言うか。無事に吾《われ》の子を産んでくれたのだ。女でも男でも手柄じゃ」

津弥の枕元に座って、併右衛門が賞賛した。

「かたじけないお言葉でございまする」

ほっとしたのか、津弥が目を閉じた。

「お顔をご覧くださいまし」

産婆が産着にくるんだ娘を抱いて近づいてきた。

「どれ、顔を見せてもらおう」

併右衛門は、産着のなかを覗《のぞ》きこんだ。

「なんと、小さいものよなあ」

吾《わ》が子の姿に、併右衛門は思わず漏《も》らした。

「赤子というものは、これくらいでございまする。格別小さいわけではありませぬ」

産婆が咎《とが》めるような声で否定した。

「そういうものかの」

併右衛門は、あらためて赤子を見た。あまりに小さく、己《おのれ》に似ているのか、妻に似ているのかさえわからないが、たしかに命がそこにはあった。

「これが、吾の子」

「はい」

確かめるように言った併右衛門に津弥がうなずいた。

「いつか嫁に行く日が来るまで、守らねばならぬな」

「気の早いことを」

津弥が笑った。

立花家はもと甲斐《かい》一国を支配していた戦国大名武田《たけだ》家の臣であった。

武田に仕えていたときは、そこそこの身分であったが、主家の滅びで浪々の身となった。幸い、武田、北条の後を受けて甲斐を領した徳川《とくがわ》家が、増えた領地に見合うだけの家臣を補充する募集に応じ、禄《ろく》を得た。

もとの禄からいけば数分の一という少なさであったが、なんとか明日の米を心配しなくてもすむようになった。

やがて徳川が天下を取り、立花家も滅びた武田の二の舞、浪々の身となる懸念から解放された。

だが、天下が泰平になれば、争いしか知らない武家は無用の長物となる。そして戦いがなくなれば、家禄と身分は固定され武士の出世も止まった。

戦争で荒れた田畑が復活し、生産が安定する。生産物が増えれば、商いも活発になる。商いが動けば、金も回る。回り始めた金は利を生み、増え続ける。金があまれば、物価は上がり、庶民の生活は贅沢《ぜいたく》になった。

しかし、決まった禄高しかない武士の収入は変わらなかった。入るものが同じで、出ていくものが増えれば、たちまち生活は苦しくなる。それを防ぐには、手柄を立てて家禄を増やすしかない。ただ、手柄は戦場ではなく、城中で立てる形に変わっていた。

かといって、旗本、御家人全部に与えるほど役目は多くない。それこそ一つの役目を十人の旗本で争うのだ。よほどのことがなければ、ありつけなかった。

出世するには、まず役目にありつかなければならない。旗本の多くが、武芸よりも上司の機嫌を取ることに必死になった。

「任せたぞ」

立身をあきらめた父は、ようやく昌平坂《しょうへいざか》学問所の修養を終えたばかりの併右衛門に家督《かとく》を譲り、さっさと隠居してしまった。

「家督を受け継いだのだ。なんとしてでも、吾《われ》の代で立花の家名をあげる」

併右衛門は決意した。

「でなくば、嫁ももらえぬ」

立花家もご多分にもれず、多額の借財を抱えていた。

知行所持《ちぎょうしょ》ちではなく、禄米取りの立花家は年に三度、幕府浅草《あさくさ》御米蔵から玄米を決められただけ受け取る。しかし、その半分は、借財の返済と利子で消えてしまう。

二百俵の立花家は、実質百俵でやりくりしていた。米百俵は、およそ四十石になる。精米で一割目減りするため、手取りは三十六石、金になおして三十六両である。

これで、一年間の生活を維持し、奉公人を雇わなければならない。さすがにかつての軍制のように、侍身分の家臣を抱えなければならないというわけではないが、中間《ちゅうげん》一人と草履《ぞうり》取りの小者、女中二人は要《い》る。これらの給金が年間十両ほどになる。三十六両では、赤字とまではいかなくとも、かなりつつましい生活をしなければならなかった。そこに隠居した父母の生活費が加わった。家督を継ぐなり、併右衛門には重い借財がのしかかった。

「なんとか役目に……」

家督を受け継いだ併右衛門は猟官に奔走《ほんそう》した。

立花の本家は四百石で、西の丸小姓《にしまるこしょう》をしていた。西の丸小姓は、次の将軍となる世子《せいし》の側《そば》に仕えることから、将来の出世を約束されている。格は本丸小姓に劣《おと》るとはいえ、旗本垂涎《すいぜん》の役目であるだけに要路とも親しい。

「無沙汰《ぶさた》を幾重にも詫《わ》びまする」

併右衛門は本家に頭をさげた。親戚づきあいには相応の金がかかる。併右衛門の家は、立花一門でも小身であり、その余裕はない。本家との遣《や》り取りも、祖父の代から途絶《とだ》えていた。

「些少《さしょう》ではございまするが、これを」

苦しい家計のなかから捻出《ねんしゅつ》した小判を一枚、併右衛門は挨拶金《あいさつきん》として差し出した。

「うむ」

小さく本家が顎《あご》を上下させて話は終わった。

露骨に猟官を求めるのは、旗本としての恥である。相手の求めていることを慮《おもんぱか》り、出された金に見合うだけのことをする。それが慣例であった。

しかし、どれだけ待っても併右衛門に呼び出しはかからなかった。

「一両では少なすぎたか……」

併右衛門は歯がみをした。なにもしてくれなかった本家ではなく、一両を死に金にしてしまった己に腹が立った。

「伝手《つて》は他にない」

立花家は、曾祖父《そうそふ》が勘定方《かんじようかた》に勤務したのを最後に、無役であった。祖父、父ともに役目を求めようとしなかった。その弊害が、併右衛門を苦しめていた。

要路に知り合いがいないのだ。

もっとも知り合いがいても、出せる金はもうなかった。だが、なにもしないわけにはいかなかった。

「切手《きって》を質におくこともできぬ」

禄をどれだけ支給するかを記したものを禄米切手と呼んだ。この切手を浅草御米蔵で呈示し、決められた米を受け取る。誰が受け取ろうとも、幕府は気にしない。切手を持っているものに米は出される。

立花家の禄米切手は父の借財の形として、蔵前《くらまえ》の札差《ふださし》の手に渡っていた。併右衛門は、その札差が御米蔵から受け取ってきた禄を分けてもらう形で生きている。

「頼む」

併右衛門は札差に頭を下げ、あらたな借財を重ね、いろいろなところに金を撒《ま》いたが、たいした金額でもなく、広く浅くになったこともあり、効果はなかった。

「金のかからぬ方法はないか」

併右衛門は必死に考えた。要路に伝手もなく、賄賂《わいろ》として出すだけの金もない。

「身上書を出す他なさそうだ」

得た結論は、己を紹介する書状を、あちこちに撒くことだった。

これもよくおこなわれる方法であった。己の得意とするものを記して、組頭《くみがしら》などへ出し、推挙を願う。朝早くから組頭の屋敷の前に並んで面談を求め、推挙を求める応《おう》接《せつ》よりは効果が薄いが、同時に何ヵ所にでも出せるという利点もあった。

なにより、己で届けて回れば、金はかからない。奉書紙《ほうしょがみ》の代金も馬鹿にならないが、それでも賄《まいない》に比べれば微々たるものである。

併右衛門は己を売りこむための身上書を認《したた》めた。

とはいえ、昌平坂学問所での成績も目立つようなものではなく、剣術の免許など特筆するものなどもないのだ。書きこめる内容は薄くなる。

それでもなにもしないよりはましだと、併右衛門は毎日、毎日、筆を走らせた。

幸いなことに書状を認めるのは苦痛ではなかった。これは母の教育のたまものであった。

「美しい文字は、話をするよりも、あなたを語りまする」

御家流《おいえりゅう》の書道を学んでいた母は、子供たちに筆の持ち方から教えこんだ。有り様《よう》は、剣術道場や学塾への束修《そくしゅう》を払う金がなかっただけなのだが、お陰で併右衛門も書を好むようになった。

「これ以上は、母の手に負えませぬ。和尚《おしょう》さまにお教えを願いましょう」

天性のものがあったのか、見る間に上達した併右衛門の書に、母が感心した。

菩提寺《ぼだいじ》の和尚だと、盆暮れの供物に色をつけるだけで、毎月の束修はなくてもすむ。こうして、併右衛門はますます書の腕をあげた。

「…………」

毎日飽《あ》くことなく身上書を書く。なかなか反応は得られなかったが、それでも併右衛門はあきらめなかった。

侍、とくに天下の強者と讃《たた》えられた旗本は武芸を旨《むね》とする。いや、しなければならない。旗本は誰もが、剣術を習い、槍《やり》をたしなむ。

そう言われていた時代は、はるか百年以上前に終わった。

もちろん、武芸で召し出されることもあった。小姓番《こしょうばん》、書院番《しょいんばん》など将軍の直衛といわれる両番は、旗本のなかでも栄誉の役目である。他に、大番組《おおばんぐみ》、新番組《しんばんぐみ》など、武を看板とする役目は数多《あまた》あった。

だがそのほとんどは、出世しなかった。そのなかで、小姓番、書院番など将軍の目に留まる役目は、引き立てられて目付《めつけ》、遠国奉行《おんごくぶぎょう》と上っていくこともある。ただし、気に入られなければ、逆となった。事実、目つきや顔つきで嫌われ、役目を奪われて小普請《こぶしん》送りとされた旗本もいた。

将軍に嫌われれば、旗本としては終わったも同然。小姓番や書院番は、出世と没落、紙一重の難役でもあった。

対して、戦場の主力となる大番組は、旗本の役目でもっとも員数が多いうえ、戦《いくさ》がないのだ。手柄の立てようがない。旗本の間では、一度大番組に入れば、生涯抜け出せないという言い伝えまである。

これら出世の難しい番方《ばんかた》に対し、筆をもって仕える役方《やくかた》は出世の望みがあった。もともと番方に比べて、人数が少ないというのもあるが、泰平の世では活躍の場が広い。

まず勘定方がそうだ。幕府といえども金をないがしろにはできない。領地から上がる年貢、商人たちから取りあげる運上《うんじょう》など、幕府には年に何百万両というとてつもない金額が入ってくる。

当然のことながら、入れば出ていく。旗本は五千余、御家人は二万弱からいるのだ。それぞれに支給する禄高だけで、数百万石要る。寛永寺《かんえいじ》、増上寺《ぞうじようじ》、日光東照宮《にっこうとうしょうぐう》などに支払う祭祀料《さいしりよう》、江戸の開発、そこに政《まつりごと》をするための費用がかかる。

適当におこなっていては、あっという間に幕府は破綻《はたん》してしまう。それを防いでいるのが勘定方であった。

勘定方をまとめるのは、三千石高の勘定奉行である。勘定奉行は四人内外が任じられ、その勘定奉行の下に十二人の勘定組頭、さらに勘定と呼ばれる二百ほどの役人、そして実務担当の支配《しはい》勘定が九十人いた。合わせても三百人ほどの数で、幕府領の管轄《かんかつ》から旗本の禄、徳川家の家政にいたるまで、金にかかわることすべてを差配した。

幕府で勘定方ほど忙しいところはない。毎日、算盤《そろばん》を弾きながら、数百からの書付《かきつけ》を足すなり引くなり、加えるなり、処理しなければならないのだ。書付の読みやすさが、仕事の確実さと速さと、担当者の疲労に大きな影響を及ぼした。

「なんじゃこれは。蚯蚓《みみず》がのたくったほうがまだ読めるわ」

勘定組頭が、憤懣《ふんまん》やるかたないといった表情で、書付を投げ捨てた。

「ご同役、お平《たい》らになされよ。配下どもが驚きますぞ」

隣で筆を走らせていた勘定組頭が諫《いさ》めた。

「いや、武藤氏《むとううじ》、これをご覧いただきたい」

注意された勘定組頭が、投げ捨てた書付を拾いあげて武藤に渡した。

「拝見つかまつろう……むうう。酷《ひど》いの」

武藤も唸《うな》った。

「これでは、内容を読みとるだけで一刻（約二時間）かかってしまう」

「一刻は言い過ぎでございましょうが、たしかに無駄なときがかかりますな」

書付を返しながら、武藤も同意した。

「書いたのは誰じゃ」

勘定組頭が書付を振り回した。

「それは……市橋中助《いちはしちゅうすけ》でございましょう」

近くにいた勘定が声をあげた。

「市橋か、やはり。何度申しても、書をあらためぬ」

勘定組頭が怒った。

「市橋はどこだ」

「今日は、浅草米蔵へ出向いておりまする」

市橋と同僚の支配勘定が告げた。

「まったく、書いた本人がおらぬでは、この書付の内容がわからぬわ。ええい、後回しじゃ」

腹立たしげに勘定組頭が、別の書付に取りかかった。

「休息を取る。何かあれば下部屋までな」

いかに多忙を極めるとはいえ、勘定方も中食《ちゅうじき》は摂《と》る。もちろん、手が空いた者から順に、下部屋へと移り、持参した弁当を使う。

「武藤どの、なにかよい手はございませぬかの」

「市橋でござるか」

相談された武藤が、確かめた。

「いかにも。もう支配勘定になって半年になるというに、あれでは……」

一緒に中食を摂ることになった勘定組頭があきれた。

「……勘定奉行さまより、読めぬゆえ、書き直せと書付を突き返されたこともございましたな」

武藤も思い出した。

「これ以上、市橋を放置しておいては、我らの監督責任になりかねませぬぞ」

役人にとって部下の失策の責任を取らされるほどの恥はない。役人とは、部下の手柄を吾がものにできて一人前なのだ。勘定組頭が苦い顔をした。

「市橋はどうやって勘定方へ参ったのでござろうか、ご存じか、山崎《やまざき》氏は」

武藤が声をひそめた。

使えない、あるいは気に入らない配下を更迭《こうてつ》するには、気をつけなければならないことが一つあった。その者の後ろ盾《うしだて》を確認することである。もし、後ろ盾が強力な相手ならば、触らぬ神にたたりなしである。なにせ、うかつなまねをすれば、己に跳ね返ってくる。配下を異動させるはずだったのに、己が左遷されてしまう羽目にもなりかねなかった。

「市橋は、勘定組頭であった父親が、退いた代わりに任じられただけであったと」

山崎と呼ばれた勘定組頭は普通の声で答えた。

息子に役目を譲る。さすがに父親が退職時に就《つ》いていた役というわけにはいかないが、同じ役所に席を与えられることはままあった。これは、精勤を続けた父親への褒《ほう》美《び》でもあると同時に、役目柄独特の技術や慣例の継承を容易にさせた。

勘定方は、算盤が使えなければならない。そのうえ、四則演算も要る。代々勘定方を継いでいけば、子供のころからそういった勉学も身に付きやすい。まったくなんの経験もない者を勘定方に抜擢《ばってき》するよりも、はるかに効率がいい。

「ならば異動させても問題はないな」

父が勘定組頭であれば、武藤や山崎と同格である。しかも隠居しているため影響力もほとんどない。市橋を勘定所から放り出しても、二人の勘定組頭に影響はでなかった。

「市橋を飛ばすのはよいが、代わりはどうする」

重ねて武藤が問うた。

「後釜ならば、いくらでもおろう」

山崎が応じた。

勘定組頭には、支配勘定を任じるだけの権がある。二人の勘定組頭のもとにも、自薦他薦の候補が何人も来ていた。

「そこから適当に選んでよいのか」

「市橋の二の舞だと」

武藤の言葉に、山崎が言った。

「うむ」

「では、どうするというのだ」

うなずいた武藤に、山崎が問うた。

「少しやり方を変えてみぬか」

「やり方を……」

山崎が首をかしげた。

「ああ。勘定方は、算勘《さんかん》のできる者の集まりじゃ。そして御上《おかみ》も、勘定方を重視くださり、当初十二人だった勘定を増やし続け、いまや二百人をこえている」

「うむ。ありがたいことじゃ」

武藤の言いぶんに山崎が同意した。

「そこでじゃ、試しに筆のよい者を一人、勘定下役として採用してみぬか」

「清書係か」

すぐに山崎が悟った。

「そうだ」

「心当たりがあるのか。おぬしの係累《けいるい》ではなかろうな」

山崎が疑いの目を向けた。頼まれていた者を役に推せば、相応の謝礼が入る。もっとも勘定組頭にとって、十両やそこらの礼金など些細《ささい》なもので、必死になって求めるほどのものではないうえ、うかつな推薦はその者の能力、行動などすべてを保証することにもなり、下手すれば、己まで傷を負う。

「係累を勘定方には入れぬよ。誰を選んでも、外された者から苦情が来るではないか」

武藤が辟易《へきえき》とした顔をした。

「たしかにの」

山崎が納得した。

「では、誰を取るのだ」

「それだがの、おぬしのところに書状は来ておらぬか」

武藤が問うた。

「書状……」

勘定組頭などをしていると書状に慣れてしまう。山崎が首をかしげた。

「三日にあけず、届いておるがの、拙者《せっしゃ》のところには。立花とかもうす者の身上書じや」

「……ああ、あれか。思い出した。見事な筆のものであろう」

山崎が手を打った。

「しかし、あやつをどうするのだ。勘定の筋ではなかろう。算盤すらできぬでは困るぞ」

勘定というのは、特殊な技能に近い。旗本ならば、加減算くらいはできるが、乗除となると難しい。子供のころから基礎を学んでいなければ、まず大人になってから訓練しても役に立つところまでいかないことが多い。

「書付を写すくらいできよう」

「なるほどの。読みにくい書付を清書させるか」

武藤の発言に、山崎が理解を示した。

「勘定のできる者は、十分におる。一人くらいいなくなったところで、どうということはない。勘定はできるが、字は汚いという者を手助けしてやるほうが、仕事の進みもよろしかろう」

武藤が説明した。

「おもしろいかも知れぬ」

「なに、だめであったならば、すぐに入れ替えればすむことでござる」

のってきた山崎に、武藤が酷薄な表情を浮かべた。

「まさに、まさに。勘定筋でないならば、どのように扱おうとも、我らに影響はでませぬな」

山崎が了承した。


身上書を書き始めて半年が経《た》ったところで、立花併右衛門は支配である小普請組支配組頭江藤三左衛門《えとうさんざえもん》からの呼び出しを受けた。

無役の御家人は、全員小普請組に入れられる。小普請とは、小さな工事、修繕《しゅうぜん》など、江戸城の手入れを意味している。小普請組の旗本、御家人は、江戸城の修理の費用を分担するだけで、役に就くまで抜け出すことはできなかった。

小普請組は、三千石の小普請組支配のもと、小普請組支配組頭が差配していた。配下の小普請とは違い、小普請組支配組頭は立派な役職である。

小普請組一つに、一人ないしは二人置かれ、二百俵高、役料三百俵、二十人扶持《ぶち》であった。他に、小普請世話取扱役《せわとりあつかいやく》、小普請世話役などもあるが、配下の小普請組に、通達をおこなうのは、小普請組支配組頭の役目であった。

「明朝、五つ（午前八時ごろ）出頭いたせ」

「はい」

併右衛門の返答を聞いた使者は、それ以上なにも言わず帰っていった。

「役目か」

午前中の呼び出しは吉事だというのが慣例であった。これは、良いことならばできるだけ早く教えてやろうという善意から出たもので、逆に午後からの呼び出しは凶事とされていた。

併右衛門は喜びの予感に震えた。

「おはようございまする。立花併右衛門と申しまする」

翌朝、併右衛門は呼び出しの刻限よりも半刻以上早く、江藤三左衛門の屋敷へ伺候《しこう》した。江藤の屋敷の門前には、面談を求める何十人という旗本、御家人が行列を作っていた。これは応接といい、支配組頭に己の得意なことを売りこみ、役目への推薦をしてもらおうとするものであった。皆、日が昇る前に屋敷を出て、順番を待つのだ。小普請組支配組頭が会える人数には限度がある。多忙であれば、日に二人くらいしか面談しないこともある。どうしても会いたければ、夜明け前から並ばなければならない。雪の日であろうが、猛暑の朝であろうが、休むわけにはいかなかった。伝手や金があれば、すぐに役目にありつける。並んでいるのは、伝手や金のない者ばかりであった。

書状という迂遠《うえん》な手だてを取った併右衛門は、応接をほとんど経験していない。ゆえに、行列する辛《つら》さを知らなかった。

「伺《うかが》っておる。通れ」

門番が、うなずいた。

「何方《いずかた》も御免《ごめん》くだされ」

並んでいる小普請組の旗本、御家人へ挨拶をして、併右衛門は門を潜《くぐ》った。

「あやつは誰だ」

「なぜ、あのような輩《やから》が。儂《わし》のほうが、必ずやお役に立つものを」

妬心《としん》から来る悪口を背中に聞きながら、併右衛門は玄関へと向かった。

「刻限まで、まだ間がある。しばし、待たれよ」

朝から小普請組支配組頭の屋敷に詰めている小普請世話役が、併右衛門を小部屋で待機させた。

「承知いたしておりまする」

浮かれていると自分でもわかっている。併右衛門は文句一つ言わず、待ち続けた。

「立花併右衛門であるか」

待たせた詫《わ》びもなにもなく、入ってきた江藤がいきなり確認した。

「さようでございまする」

併右衛門は手をついた。

「勘定下役に任じる。明後日、勘定所まで出頭いたせ。勘定組頭武藤甚内《じんない》どのを訪ねよ」

「はっ」

併右衛門は額を床に着けた。

「めでたいことである。が、おぬし、武藤どのを存じおるか」

「勘定組頭をお務めとは存じておりましたが、お目にかかったことはございませぬ」

問われて併右衛門は否定した。しつこく身上書を届けてはいるが、まったく面識のない相手であった。

「そなたの家は勘定筋ではない」

「曾祖父が勘定方を務めておったそうでございまする」

告げた江藤を、併右衛門が訂正した。

「祖父、父、そなたと三代縁がなければ、もう筋目などないわ」

江藤が不快を示した。

「申しわけございませぬ」

あわてて併右衛門が詫びた。

「まあ、よい。伝えたぞ」

「かたじけのうございました」

言うだけ言って出ていく江藤を、併右衛門は平伏して見送った。

二日後、勘定所へ顔を出した併右衛門は、武藤の前で手をついた。

「このたびは、ご推挙をいただき……」

「ああ、礼はいい。使えなければ、すぐに代わってもらう。役立たずを置いておくほど、勘定方は暇ではない。昨日も一人大坂へ飛ばしたところだ」

冷たく武藤が手を振った。

「…………」

「おぬしの仕事は、算勘ではない」

黙った併右衛門に、武藤が言った。

「えっ……」

併右衛門は驚愕《きょうがく》した。勘定方で算勘を求められないとは思ってもいなかった。

「勘定筋でないおぬしに、算勘を求めはせぬ。算勘の者ならば、いくらでもおる」

勘定所で机を並べている数十人の勘定衆を、武藤が見た。

「では、わたくしはなにを」

「おぬしの仕事は、清書じゃ。勘定、支配勘定らの書付を、ちゃんと読めるように清書いたし、我ら勘定組頭のもとへ出せ。それだけでいい」

戸惑う併右衛門に、武藤が命じた。

「勘定衆ではなく、書き役だと」

「そうだ。簡単であろう」

あっさりと武藤が告げた。書き役はただの筆耕《ひっこう》である。役目にかかわるわけではない。勘定衆の持つ余得も、仕事で成果を上げての出世もない。

「……………」

小者同然の扱いに、併右衛門は愕然《がくぜん》とした。

「さっさとかかれ。ぼうっとしている暇はない」

武藤が叱《しか》った。

「どこから手を付ければ……」

右も左もわからないのだ。併右衛門は、目を勘定所のあちらこちらに迷わせた。

「とりあえず、見て回れ。で、字の下手な者を探し出し、その字を覚えろ。そしてまちがいなく写し取れ。行け」

それだけで武藤は書付に目を落とした。

「わかりましてございまする」

一礼して併右衛門は、武藤の前をさがった。

「筆耕でも無役ではない」

併右衛門は、己を無理から納得させた。

勘定方は、大手門《おおてもん》を入った下勘定所と城中の勘定所中の間の二ヵ所に分かれていた。当然、老中の御用部屋に近い勘定所中の間のほうが格式が高く、併右衛門の出入りは許されていなかった。

併右衛門は、毎朝、下勘定所に出向き、その片隅に与えられた机で、持ちこまれる書付を清書した。二百人からの役人、その半数がくせ字であり、そのなかの二十人ほどが読みとるのに苦労するほどの悪筆であった。

「これは……六か……いや、八か」

併右衛門は必死に読みとり、どうしてもわからないときは、本人に問い合わせ、場合によっては検算するなどして、一枚、一枚を清書していった。

「思ったよりも手間がかかるな」

一日で清書できる枚数には限界がある。まだ慣れていない併右衛門の処理は、武藤たちの予想よりも遅かった。

「いたしかたございますまい。もう少し慣れてくれれば、ましになりましょうよ」

武藤の口を山崎が宥《なだ》めた。

「であればよいが……」

言いながら武藤が書付を手にした。

「……しかし。読みやすいな」

武藤が感心した。

「であろう。達筆ではかえって読みにくい。でなく、ていねいに手本のような字で書く。これは勘定の読みまちがいを防ぐには有効じゃ。思ったよりも使えるぞ」

山崎が併右衛門へ目をやった。

「たしかに」

武藤も同意した。

「もうしばらく、ようすを見ましょうかの」

己が推薦しただけに、その成否は少ないとはいえ影響してくる。もちろん、うまくいけば、書き役という新制度を考えた武藤の功績になる。

「……手柄にできるか」

山崎に聞こえないよう、小声で武藤が呟《つぶや》いた。

勘定所に出仕《しゅっし》しだした併右衛門は、ようやく小普請組から抜け出せた。

「足高《たしだか》はないが、小普請金を出さずにすむだけでもましじゃ」

併右衛門は不満を飲みこんだ。

支配勘定は役高百俵である。禄がそれに満たない者は、幕府から禄に加算が出る。これが足高である。しかし、もともとの禄が百俵より多い併右衛門は、役目に就いたからといって、収入は増えていなかった。ただ、無役に課されている一種の制裁金であある小普請金がなくなった。

二百俵の立花家は、一年に三両を幕府へ納めなければならなかった。それがなくなった。

「三両ていどではなあ。嫁をもらうのも難しい」

併右衛門はため息を吐《つ》いた。

借財があり、足高がないとはいえ、無役ではない。その気になれば、いくらでも嫁は迎えられた。ただ、それなりの相手になる。

併右衛門には、立花という家名をあげるという望みがあった。

本家から軽くあしらわれた。併右衛門が切りつめて出した金を受け取りながら、何一つせず、詫びさえない、この屈辱が教訓であった。

「本家など頼らずともやっていけるだけの身上になる」

併右衛門は決意していた。そのためには、立花本家よりも格上から妻を迎えなければならなかった。

「なんとしても、さらなる上へ」

ただ筆を使うだけではあったが、併右衛門はいっそう熱心に取り組んだ。無役から助け出してくれた筆だけが、併右衛門の武器であった。

「勘定まちがいがなくなった」

毎日あった失敗がなくなった。さすがに皆無ではないが、目に見えて減った。

「そういえば、仕事が楽になったの。書付の数は減っておらぬというに」

併右衛門が書き役となって三ヵ月、殿中勘定中の間へ出務する前に、その日の予定を打ち合わせに下勘定所へ来る勘定奉行がふと口にした。

「はっ」

勘定奉行を出迎えた武藤が、誇らしげな顔で書き役を見いだしたと胸を張った。

「その書き役はどこにおる」

勘定奉行が問うた。

「お奉行さまがお会いになられるほどの者ではございませぬ」

併右衛門の手柄を吾がものとしておくには、間に己が入っていなければならない。

勘定奉行の求めを、武藤が拒んだ。

「書き役とはいえ、勘定方であろう。百俵高の勘定方の身分が低いなど、最初からわかっておる。余《よ》は、その者を呼べと言った」

勘定奉行が怒った。

「申しわけございませぬ。今、ここへ」

上司を怒らせてしまえば、手柄もあったものではない。武藤があわてて、併右衛門を呼んだ。

「そなたが、この書付を」

「はい。わたくしが書かせていただきました。なにか、不都合でもございましたならば、すぐにでもやりなおしいたしまする」

身形《みなり》で相手が勘定奉行だとわかる。雲の上の人物に、併右衛門は両手をついた姿勢で応じた。

「いや……」

否定した勘定奉行が、じっと併右衛門を見た。

「名前は」

「立花併右衛門でございまする」

訊《き》かれた併右衛門が名乗った。

「付いて参れ」

勘定奉行が命じた。

「お奉行さま」

武藤が焦《あせ》った。

「余の書付を清書させる」

併右衛門を取りあげると勘定奉行が宣した。

「……どうぞ」

勘定奉行と勘定組頭の間には、大きな格差があった。なにせ勘定奉行は勘定方すべてを差配するだけでなく、幕府三奉行の一人として政にもくわわる。老中とも対等に話ができるのだ。とても勘定奉行と争うことなどできなかった。

「うむ。いくぞ」

満足げにうなずいた勘定奉行が、併右衛門を促した。

それからの併右衛門は、より多忙となった。清書する枚数は減ったが、幕府のなかでももっとも忙しい勘定奉行の近くに居続けなければならないのだ。

「屋敷まで来い」

城中だけで職務が終わらなければ、勘定奉行の屋敷にまで同道させられる。

「泊まっていけ」

年貢《ねんぐ》の集まる秋など、屋敷へ帰れない日も出る有様であった。

しかし、併右衛門を独り占めした勘定奉行の日々も、続かなかった。

「読みやすいの」

「たしかに」

勘定奉行から出される書付は、執政のもとへ回る。老中たちのもとに届けられる書付は、あらゆる役目から多岐にわたる。当然書き手も違うため、読みやすい、読みにくいがあった。毎日苦労して、書付を読みとっている老中たちにとって、勘定奉行から出されるものは、驚きであった。

「そちは、能筆であるな」

勘定奉行と老中は、よく顔を合わせる。

「わたくしではございませぬ」

そこで併右衛門のことを隠すほど勘定奉行は愚かではなかった。老中の権力は大きい。幕府を代表するといえる老中なのだ。もし、偽《いつわ》っていたとばれたとき、役目は確実に失われる。

「ほう。そのような者がおるのか。しかし、これだけの能筆ならば、適した役目があろう。その立花とかいう者を表右筆《おもてゆうひつ》にいたせ」

「勘定下役から、いきなり表右筆には格上げがすぎましょうぞ」

別の老中が、前例となる引きあげはよくないと制した。

「では西の丸小納戸《こなんど》を一度経させればよかろう」

老中の一言で、併右衛門は異動を二度重ね、表右筆に出世した。

表右筆は、百五十俵高である。二百俵の併右衛門にしてみれば、やはり格下の役目であるが、勘定下役よりは上になった。さらに、幕府の触れを清書する以外に、将軍の親書、老中奉書などを執筆する表右筆には、役得もあった。

「今度の老中奉書には何が記されておりましょう」

世間に出る前に、政の行方《ゆくえ》を知りたがる者は多い。

規制を受けかねない商人、異動を命じられるかも知れない役人、お手伝い普請を押しつけられそうな大名など、表右筆と誼《よしみ》を通じたい者が、併右衛門のもとへ音物《いんもつ》を持参してくるようになった。

「なにも申しあげられませぬが、貴家のお名前を最近見ておりませぬ」

内容を漏らすのは、さすがにまずい。そこで表右筆たちは、婉曲《えんきょく》な言いかたで相手の要求に応える。

微禄の旗本にとって、余得はありがたい。併右衛門が表右筆の悪習に染まるまで、さほどのときは要らなかった。

立花家の内証《ないしょう》は好転した。勘定衆書き役のときにはなかった余得で、借財は少しずつだが返済の目処《めど》がついた。

「このままいけば、二十年ほどで借財は消える」

併右衛門はほっと一息吐いた。

「独り身らしいの」

表右筆になった併右衛門のもとに縁談が持ちこまれた。

「よいところがあればと頼まれていたのだが、どうじゃ。相手は小普請だが三百石の知行所持《ちぎょうしょ》ちじゃぞ」

「知行所持ち……」

併右衛門は乗り気になった。

旗本には大きく二種あった。知行所持ちと禄米取りである。知行所は、領地ともいわれることからもわかるように、土地である。その土地からあがる年貢を収入としている。土地を与えられるというのは、それだけの手柄を先祖が立てた証《あかし》であり、名誉とされている。二百石の知行所持ちと二百俵の禄米取りの、収入はほぼひとしいが、その間にある格差は大きかった。

「よしなにお願いをいたしまする」

話を持ってきたのが、上役の表右筆組頭であったこともあり、併右衛門は縁談を了承した。

「津弥と申しまする」

相手は身柄も小さく、おとなしい女であった。

「併右衛門じゃ。これからよしなに頼む」

表右筆となって一年足らずで、併右衛門は嫁を迎えた。

家族が増えた。別段、津弥一人で生活の費用が倍になるわけではない。どころか、ほとんど増えなかった。ただ、津弥が実家から連れてきた女中の費用だけが増えた。

「一人分の給金ていど、応えはせぬが、妻もできたのだ。ここで止まるわけにもいくまい」

併右衛門はさらなる出世を考えた。

男と女が一緒になると子ができる。

夫婦《めおと》になって四年、子供ができないことを気にし始めた津弥がやっと妊娠した。

「瑞紀《みずき》と名付けよう」

併右衛門も娘の誕生を喜んだ。

子供は母親のお乳を飲んで育つ。米の消費量が増えるわけでもなし、衣類も大人の着古しを仕立て直すだけで足りる。唯一新しく買わなければならないものは、おむつに使う木綿だが、これもさほど高いものではない。

だが、赤子の金がかからないのは、最初のうちだけである。大きくなれば乳ではなく飯を喰《く》うようになり、衣服も仕立てた側から合わなくなっていく。他にいろいろと学ばさなければならなくなる。

子育てには、人手と金がかかった。

「やはり奥右筆《おくゆうひつ》にならねばなるまい」

無役から勘定方書き役、表右筆と順調すぎる出世が併右衛門をしてうわずらせていた。

併右衛門は野心を持った。

奥右筆は、もともと五代将軍綱吉《つなよし》が、老中たちに奪われていた政の権を奪い返すために新設した役目である。幕府の政にかかわるすべての書付を扱い、奥右筆の筆が入らない限り、老中の命《めい》でも効力を発しないほどの権を与えられている。

「前例はこのように……」

求められれば老中へ助言さえできる。

その身分は、組織でさえ勘定吟味役《かんじょうぎんみやく》の下と低い。役高も表右筆よりわずかに多い二百俵でしかなく、立花家に役高の恩恵はない。

それでも政の中枢に近いだけでなく、大名や旗本の家督、役人の任免にも影響力を持つ奥右筆へ近づきたい者は、表右筆の数倍にのぼる。余得も言うまでもなく多い。

「もうよろしゅうございましょう。今でもお忙しいのでございまする。それに親子三人ならば、食べていけますほどに」

より立身したいと言った併右衛門を、津弥が宥めた。

「いや、借財を消してやるのも親の仕事じゃ。子には苦労させたくない」

併右衛門は子ができたことで、一層《いっそう》職に励んだ。


とはいえ、希望したとおりになるとはいかなかった。奥右筆はうまみのある役目なのだ。そこから出世して御広敷用人《おひろしきようにん》になるよりは、居続けるほうが金になる。なかなか空きはでない。出ても併右衛門より強い引きを持つ者が就任していく。

「とにかく、吾にはこれしかない。筆だけでここまで来た。次もいける」

朝早くに出かけ、愚直に筆を走らせる。判で押したような日々が何年も続いた。

「父《とと》さま」

変化といえば、赤子だった娘が、立って歩くようになり、喋《しゃべ》るようになったくらいである。

「瑞紀か。どうした」

「今日も、父さまは、お手紙書き」

瑞紀が首をかしげた。

「そうだ。これが父さまの仕事だでな。母《かか》さまのところへ行っておいで」

城中だけで終わらず、非番の日に屋敷で書付を清書しなければならないことも多い。

子供がいては、落ち着いて書付が作れない。寄ってくる愛娘《まなむすめ》はかわいいが、相手をしていられなかった。

「母さまは、お元気がない」

瑞紀の表情が曇った。

「そうか」

併右衛門も肩を落とした。

もともと丈夫ではなかった津弥は、産後の肥立ちがあまりよくなく、体調を崩しがちであった。とくにこの春は、寒さが長引いたせいもあって、熱をよく出すようになっていた。

「柊《ひいらぎ》の衛悟《えいご》はどうした」

併右衛門が庭を見た。

立花家の隣は柊という同格の旗本である。当主は無役で、歳のころは併右衛門より十歳ほど上になる。代々の隣同士というのもあり、両家は下手な親類よりも親しいつきあいをしていた。

その柊家には男子が二人いた。兄の賢悟《けんご》はすでに昌平坂学問所へ通っているが、弟の衛悟はまだ六歳と幼い。三歳の瑞紀より少し上だが、子供には違いない。衛悟は、毎日のように、両家の仕切である垣根の破れを潜っては、立花の庭に来て瑞紀と遊んでいた。

「衛悟は、さっき帰った。おしっこ」

瑞紀が告げた。

「そうか。ならば、今度は瑞紀が行っておいで」

「はい」

父親の許可を得て、瑞紀が喜んで駆けだした。

「転ぶなよ」

その後ろ姿に、併右衛門は心からのほほえみを浮かべた。

穏やかな日常の終わりは唐突であった。

軽い風寒《ふうかん》であったはずの病が、津弥の命を削り取った。

「瑞紀を頼みまする」

津弥の願いはただ一つ、娘の未来であった。

「わかっておる」

併右衛門はうなずいた。夫婦となって七年、子をなしたとはいえ、仕事に邁進《まいしん》する併右衛門と琴瑟相和《きんしつあいわ》すとまではいかなかった。それでも、夫婦としての慈しみはある。

「安心いたせ」

併右衛門は津弥の手を強く握りしめた。

「お願い……」

繰り返して娘を案じた母は、まだ三十路《みそじ》になる前に逝《い》った。

「母さま」

泣き崩れる瑞紀に、併右衛門はただその背中をなでるだけしかできなかった。

「これほど小さな背中を残して逝かねばならぬとは……」

まだ子供が頑是無《がんぜな》いときに死なねばならなかった妻の無念さを併右衛門は想った。

「……うわあああ」

瑞紀と一緒になって衛悟も泣いていた。いつものように遊びに来た衛悟は偶然、津弥の臨終に立ち会ってしまった。かわいがってくれた幼なじみの母の死は、まだ幼い衛悟にとって衝撃だった。

「……ううう」

「……大丈夫だから……ね」

衛悟の泣き声が大きくなり、連れて瑞紀の嗚咽《おえつ》が小さくなっていった。

ついに号泣する衛悟を瑞紀が慰め始めた。

「そうか。そなたも瑞紀の支えなのだな」

瑞紀と衛悟の姿を併右衛門は目を細めて見た。

「津弥、瑞紀は一人ではなかったわ。そなたはそれに気づいていたのだろうな」

穏やかな死に顔の妻に、併右衛門は話しかけた。

「女は強いな。そなたが衛悟と瑞紀をずっと一緒にいさせたのは、今日あることを考えていたからか。母を失う娘のために……」

併右衛門は、声を詰《つ》まらせた。

「いや、瑞紀だけではないな。吾のことも思ってくれたか。もし、ここで娘に泣きすがられたら……どうすればいいか、男親ではわからぬ。それを……」

ちらと併右衛門が瑞紀たちを見た。

瑞紀が泣きじゃくる衛悟の背中をあやすように叩《たた》いていた。

「女はもう母なのだな」

併右衛門は感心した。

「瑞紀が泣きやんだ。まあ、あれだけ顔をぐしゃぐしゃにして泣きわめかれては、たまらんわの。まったく、男のくせに情けない……が、助かった」

あきれながらも、併右衛門は衛悟がいてくれたことを感謝した。

「津弥、安心して逝くがいい。きっと瑞紀によき思いをさせてくれる。禄を増やし、瑞紀の婿《むこ》に三国一の男を迎えられるように格をあげる。なんとかして奥右筆へ転じなければ」

表右筆の格は低い。余得もあるが奥右筆に比べて少ない。このままでも生活はできるが、それでは娘によいものを喰わせることも着させることもできない。

「儂が偉くなれば、瑞紀も幸せになるはずだ」

併右衛門を止める者は、もういなかった。

借財はまだ残っているが、立花家は二百俵の旗本には違いない。そのうえ、無役ではない。

併右衛門のもとに、後添《のちぞ》えの話が持ちこまれるのは当然であった。

旗本にとって、要るのは跡継ぎとなる嫡男《ちゃくなん》だけなのだ。あとせいぜい長男になにかあったときの予備となる次男がいればいい。

といっても、なかなかそううまくはいかない。男が三人以上生まれることもあれば、娘ばかりができるときもある。となれば、実家では面倒見きれなくなる。次男以降はどこかの旗本なりに養子に出し、娘は嫁に出さなければならない。金があるからといって商家を相手に選ぶわけにはいかなかった。家の格が落ちてしまい、親戚づきあいに支障が出る。

となると妻を亡くした若い旗本は格好の獲物であった。

ましてや併右衛門には、娘しかいない。後妻に押しこんだ娘が、男子を産めば、その子が跡取りになる。跡取りができれば、後妻の家との結びつきは強くなる。表右筆と縁を結んで損はない。

それこそ毎日のように、併右衛門のもとへ縁談が来た。

「よき縁だと考える」

かつて併右衛門の願いを無視した本家も参加してきた。

「家は四百石だ。大番組に属し、三河《みかわ》以来の譜代《ふだい》で家柄はよい。本人は長女で、二度縁づいているが、いずれも不縁となって実家に戻っておる。ああ、心配せずともよいぞ。どちらの婚家でも男子を産んでおる。石女《うまずめ》ではない。もちろん、子供は婚家に残してきておるゆえ、安心じゃ」

「死別ではござらぬならば、その理由はなんでござろう」

「儂の顔を立ててくれれば、こちらにも考えはある」

質問を無視して、本家は暗に助力を含ませて来た。が、併右衛門は信用していなかった。

「お先にお手助けいただける内容をお聞かせ願いたい」

あいまいな状態ではなく、具体的な話をと併右衛門は要求した。かつて本家がした仕打ちを併右衛門は忘れていなかった。

「それはこれから決める」

本家がごまかした。

「不縁のわけをお教え願いたい」

「儂が持ちこんだ縁談を信じられぬと申すか」

繰り返し問うた併右衛門に、本家の当主が不快感を露《あら》わにした。

「右筆に、そのような事柄で隠しごとができるとお考えか」

大名、旗本の縁組、相続は奥右筆の仕事である。そして奥右筆は表右筆から立身していく。併右衛門の先輩が、奥右筆に何人もいた。簡単に離縁の理由を調べられる。

併右衛門が本家を睨《にら》みつけた。

「……不愉快じゃ。許しあるまで、敷居《しきい》をまたぐな」

足音も高く、怒った本家が帰っていった。

「どんな女かもわからず、娶《めと》れるはずもないだろう。仲人口《なこうどぐち》ほど信用できぬものはないというに、それもなくただ儂の言うとおりにせよなど、何様のつもりだ。それも役《やく》付《づき》に引き立ててくれた恩でもあるというならまだしも。金を取っただけで」

腹立ち紛《まぎ》れに、併右衛門は本家を罵《のの》り倒した。

「父さま」

本家の怒鳴《どな》り声に驚いた瑞紀が、おそるおそる顔を出して、父の様子を窺《うかが》った。

「なんでもないぞ」

併右衛門は笑顔を作った。

「衛悟も来ていたのか」

瑞紀の後ろから、隣家の次男坊が顔を覗かせていた。

三歳の差は、子供にとっては大きい。まして男女なのだ。しかし、衛悟は瑞紀よりも大きな体軀《たいく》を縮めて、いつもその背中に隠れるようにしていた。

「こらこら、いつまでも瑞紀を盾にするな。男ならば、女の前に立ち、守ってやれ」

「……でも、瑞紀のほうが強い」

小声で衛悟が抗議した。

「むうう」

併右衛門がうなった。

毎日のように遊んでいる二人である。併右衛門も、二人がどういった風に過ごしているかを非番ごとに見ている。

情けないことに、瑞紀が衛悟を弟扱いにして、引きずり回していた。

「瑞紀」

併右衛門は娘に目をやった。

「でも衛悟が弱いから……」

さすがに強いと言われては体裁が悪いのだろう。瑞紀の声がすぼんだ。

「まあよい。仲良く遊ぶのだぞ」

「はい」

「……………」

顔を見合わせた二人が、庭へと走り出ていった。

「子供のときはあんなものであったかの」

庭木の間で鬼ごっこを始めた瑞紀と衛悟を見ながら、併右衛門は己の子供時代を思い出していた。

併右衛門は二人姉弟《きょうだい》であった。姉の由喜《ゆき》は、併右衛門の五つ歳上で、無口な女であった。

嫡男として生まれ、大事に扱われた併右衛門を、いつも少し離れたところから見ていた。

「あの二人のように、遊んだことはなかった。いや、一緒に遊んだ記憶がない。手習いでさえ、別であった」

あまりに姉の思い出が薄いことに、併右衛門は驚いた。

併右衛門の記憶のなかの由喜はいつも母と二人で、縫《ぬ》いものをしていた。貧しい立花家では、新しい着物など買えるはずもなく、穴が開いたものを繕《つくろ》って使っていた。

「朝から晩まで、針仕事をしていた」

灯《あか》りの代金がもったいないと、冬でも開け放たれた庭に面した小部屋で背を丸めていた姉は、十七歳で百八十俵の御家人津田兵部《つだひょうぶ》のもとへ嫁いでいった。

「一緒にいたのは十二年だったな」

併右衛門が十三歳のとき、小さな風呂敷包みと一つだけ用意された葛籠《つづら》を持って、姉は他家の人になった。

父や母が生きていたときは、年に二度、盆と正月に挨拶の帰省があったが、それも両親の死とともに途絶えた。今では、年忌《ねんき》のときに菩提寺で顔を合わすだけになっている。

「やつれていたな」

昨年、亡母の七回忌で会った由喜はやつれていた。由喜の嫁いだ家も家計に余裕はなかった。その上、子供が三人いる。跡継ぎ以外の二人をどうにかしなければならないのだ。そのための工面に疲れ果てていた。

「なんとか……」

久闊《きゅうかつ》を口にするより早く由喜が併右衛門に縋《すが》った。

「任にかかわる。表右筆が養子の話に口出しはまずい」

併右衛門は姉の願いを断った。できないわけではないが、役目上で便宜《べんぎ》を図っていると見られては、出世の妨げになる。

「もう少し出世したときは、かならず助力するゆえ」

「きっと」

念を押した姉が、力なく菩提寺を去っていった。

「瑞紀を同じ目に遭《あ》わせるわけにはいかぬ」

美貌といわれるほどではなかったが、姉は人後に落ちない容姿をしていた。その姉が、見る影もなくなっていた。

罪のない笑顔を見せてくれる瑞紀が、由喜のように衰えるのを想像した併右衛門は、身を震わせた。


親の想いとは別に、子供は変わっていく。母を失った娘は、一気に成長した。

もちろん、身体が大人になったというわけではない。仕草が大人びたのだ。

まず、甘えたような子供の口調が半年ほどで消えた。そして女中から家事を学ぶようになった。併右衛門から手本をもらっていた手習いにも力を入れた。

裕福とはまだいえない立花家である。筆で成り上がった家とはいえ、娘に紙を易々《やすやす》と与えられるわけもない。

当初、庭の砂に木の枝で一の字を書くことから開始した手習いも、今では反古紙《ほごがみ》の上に水を含ませた筆で練習するところまで来ていた。

「筆を上からそっと垂らすようにして、先を紙の上に浮かべるつもりでな」

瑞紀の後ろから抱えるようにして手を貸し、手習いを指導する。

併右衛門がようやく得た寸暇《すんか》の楽しみであった。

「こうでございますか」

「そうじゃ。うまいの瑞紀は」

併右衛門が褒《ほ》めた。

「…………」

その様子を、部屋の隅でじっと衛悟が見ている。手習いが終わるまで、衛悟は瑞紀と遊べないのだ。これも瑞紀が決めたことで、併右衛門の指示ではない。

「尻に敷かれておる」

遊んでもらうのを待つ犬のような姿の衛悟に、併右衛門は苦笑した。

「娘と息子では、こうも変わるものかの」

三歳の差があるとは思えないほど、娘のほうが落ち着いていた。

「今日は、ここまでにしよう。父もそろそろ仕事をせねばならぬ」

併右衛門が瑞紀に告げた。妻の死を経てから併右衛門は、ふたたび推薦を頼む依頼状を要路に出すようになった。

「ありがとうございました」

瑞紀が礼を述べた。

「遊べる……」

衛悟が勢いづいた。

「片づけをすませてから」

ほほえみながら瑞紀が衛悟をたしなめた。

やがて、男女七歳にして席を同じうせずという言葉どおり、二人の間にも性差というのが影響しだした。

「女は、おとなしくしていなければならないのだぞ」

衛悟が偉そうに言った。

「なにを言いますか。女だからと馬鹿にするのは許しませぬよ」

ずっと弟扱いしてきた衛悟の反抗に、瑞紀が反発した。

「この木に登れもせぬくせに」

衛悟が立花家の庭木を指さした。

「できまする」

負けず嫌いな瑞紀は、衛悟の鼻を明かしてやろうと庭木に登った。

「どう」

庭木の中程を過ぎて上に登った瑞紀は、衛悟を見下ろして自慢しようとして、その高さに気づいてしまった。木は登れても降りられない。

「……ひっ」

身長の数倍の高さに、瑞紀は恐怖で身体がすくんでしまった。

「それ以上はいけないのか。吾ならば枝の先まで……」

さらに煽《あお》ろうとした衛悟が、瑞紀の異常に気づいて息を呑《の》んだ。

「瑞紀……」

「た、助けて」

瑞紀がか細い悲鳴をあげた。

「絶対助ける。降りてきて」

衛悟が叫んで、手を伸ばした。

「……うん」

生まれてからずっと一緒に育ってきた信頼が瑞紀を突き動かした。瑞紀が手を離し、衛悟がその下で待った。

「ぐえっ」

「きゃあ」

衛悟の苦鳴と瑞紀の悲鳴が庭に響いた。さすがに衛悟では、瑞紀を受け止められなかった。それでも、衛悟は瑞紀の下敷きになることで守った。

「ありがとうございまする」

「うん。大丈夫」

瑞紀が恥じらって頰《ほお》を染め、衛悟が落ち着きをなくした。

「これからも……」

「うん。きっと瑞紀は守る」

子供たちの関係も変わり始めていた。

瑞紀と衛悟の間に、成長という名の区別が割りこんだころ、併右衛門に出世の話が出始めていた。

「右筆の真の意味を理解している」

屋敷にまで仕事を持ち帰ってていねいな筆を心がけた併右衛門の書付が、老中たちの高評価を受けた。

「達筆すぎて読めぬでは、右筆の役に立たぬわ」

老中たちにとって、王羲之《おうぎし》であろうが、小野道風《おののとうふう》であろうが、意味はなかった。ただ、読みやすい、それこそが重要であった。

「読みまちがえて、政に失敗などしてみよ。恥を掻《か》くのは、右筆ではなく我らじゃ。もちろん責任を取るのもな」

「いかにも。政の基本は、確かさでござるな」

老中たちが併右衛門の書付を褒めた。

「露骨に出世をねだらぬのもよい」

「まさに。表右筆どもは、奥右筆になりたいと、いろいろ付け届けなどして参りますな。我らに数百俵の軽輩が買えるていどのものを贈られてもな」

「邪魔でしかない。なにより、あからさまに奥右筆になっての余得を狙っているとわかるのだ。そのような金で動く輩では、政の密事が守れまい」

「面倒なだけじゃの」

幕府の最高権力者である老中たちへ、猟官運動をする者は多い。己もそうして老中まであがってきたくせに、されるとなればうっとうしい。

「身上書だけというのがよいな。なにより筆がどれほど使えるかわかる」

「このような者こそ重要。昨今奥右筆が我らの決めたことに意見を差し挟んでくるのが目に余りまする。奥ゆかしい者、唯々諾々《いいだくだく》と筆を走らせる者こそ、我らは求めておる」

老中の専横に歯止めを掛ける権を与えられた奥右筆は、執政にとってわずらわしいだけであった。

「こやつを奥右筆に抜擢いたしましょうぞ」

顔を見合わせた老中たちが、併右衛門を奥右筆へ移した。

「よしなに」

奥右筆になった途端、音物が数倍になった。少しでも早く老中の意向を知りたい者などが、音物を屋敷へ持ってくる。屋敷の部屋が二つ音物で埋まるようになり、長年の借財は一年ほどで消えた。

もう、かつての貧しい面影はなく、立花家は裕福さで知られるほどになった。

秋の一日、隣家の羽振りが良くなったのを見ていた柊正悟《しょうご》が、登城する併右衛門を待ち伏せ、推挙を求めた。

「頼む」

「なかなかに難しい。どこも人が余っておるでな」

併右衛門が眉間《みけん》にしわを寄せた。

「そう言わずに……」

「おぬしは、なにができた」

粘るような柊正悟に、厳しく併右衛門が問うた。

「…………」

正悟が黙った。

「算盤は、筆は」

「あいにく……」

力なく柊正悟が首を左右に振った。

「それでは無理じゃ。せめてなにか売りがないとの」

冷たく言い捨てて、併右衛門は歩き去った。

「あのように情のない奴とは思わなかったわ。三代にわたる隣家ではないか。多少の融通を利かせてもばちはあたるまいに。賢悟、衛悟、参れ」

屋敷に帰った正悟が怒り、二人の息子を呼びつけた。

「なにか人に誇れるものを身につけよ」

併右衛門から切り捨てられた正悟は、二人の息子に未来を託した。

「立花さまのようになりたいと思いまする」

長兄の賢悟は、一層《いっそう》勉学に励んだ。

「他人を守れるように、剣術を身につけまする」

衛悟は武に身を投じた。

剣術の修行は厳しい。貧しい柊家が出せる束修で通える道場は町中にはない。

両家の仲が悪化したこともあり、瑞紀と衛悟がともに過ごすときは極端に減った。

「つらいな」

裕福な立花家の娘となった瑞紀は、美しい小袖《こそで》を身に纏《まと》っているが、貧しい柊家の次男でしかない衛悟は、兄のお下がりでつぎあての多いものを着るしかない。

かつては分け隔てなく、一緒に遊び、ともに昼寝した隣家の娘が遠いものになっていく。

「それでも、吾は……」

衛悟はかつての約束を頑《かたく》なに信じ、剣術に没頭した。

「立花併右衛門、役目精励《せいれい》をもって、二百石を加増、奥右筆組頭とする」

併右衛門はついに組頭となった。だけでなく、禄もほぼ倍となった。

「ようやく、ここまで来た。千石も夢ではない」

併右衛門は勝ったと舞い上がった。

事実、一人娘瑞紀が年頃になったこともあり、息子を、一門の者を婿養子にという話が併右衛門のもとに届くようになっていた。立花家がさらなる上を目指すならば、名門の引き立ては必須である。

「家格があがれば、瑞紀は奥さまと呼ばれるようになる」

併右衛門は頬を緩めた。厳密な区別とはいわないが、御家人、微禄の旗本は、当主のことを旦那、妻を新造《しんぞう》と呼び、名門は当主を殿、妻を奥と称した。立花家は、いまだ旦那、新造の格であった。

「よく相手は選ばねばの……」

奥右筆のもとには、幕府すべての情報が集まる。併右衛門は、瑞紀の婿探しに役目の持つ力を利用することへのためらいをなくした。

「いささか、それは……」

「前例がございませぬ」

場合によっては老中の意見さえも変えられる。併右衛門は、手に入れた権を使うことに慣れてしまっていた。

「大坂城代副役《そえやくた》田沼淡路守意明《ぬまあわじのかみおきあき》どの、大坂で急死。跡目は養子の意壱《おきかず》どの」

いつものように配下からあげられた書付が、併右衛門の手を止めた。

「田沼といえば、若年寄だった田沼山城守意知《やましろのかみおきとも》どのが殿中刃傷《にんじょう》で殺されたあと、大老格まで上っていた田沼主殿頭《とのものかみ》さまが没落、一万石に減知のうえ、陸奥《むつ》国下村へ左遷された田沼家が、代を替えてようやく手にした大坂城代副役を務めている最中《さなか》に、当主が二十四歳の若さで急死……なにかあるな」

奥右筆組頭の力を吾がものと勘違いしはじめていた併右衛門は、花押《かおう》をいれるだけですんだ仕事に余計な手出しをし、命を狙われる羽目になった。

「小遣《こづか》いをくれてやる。儂を守れ」

出世とともに疎遠《そえん》となっていた衛悟を、併右衛門は用心棒として雇った。

衛悟は二十年近い研讃を経て、剣術の免許を取っていた。

だが、泰平に剣術の出番はない。

「養子先を世話してやる」

付け加えられた条件に、衛悟が乗り、命がけの戦いに身を投じた。

さらに何度も死にかけた衛悟へ、併右衛門は禁じ手を繰り出した。

「瑞紀の婿に」

幼いときから気になっていた瑞紀の婿という条件は、衛悟を操るに十分であった。

「娘の命が惜しくば……」

そんなおり、奥右筆組頭の力を思うがままにしようとした敵が瑞紀を人質に取り、併右衛門を脅《おど》した。

「筆の力では、どうしようもない」

攫《さら》われた娘を取り戻すに、奥右筆の権はなんの役にも立たなかった。無敵であると信じていた筆の限界を併右衛門は思い知らされた。

「筆は法のもとでこそ、最強。だが、無法の前に筆は力たり得ぬ」

今まさに人を食い殺そうとしている虎を文章で説得はできない。言葉の通じない獣《けだもの》同然の輩には、こちらも武で挑むしかなかった。

「瑞紀を救ってくれ……」

併右衛門は、衛悟を頼った。

「吾が命に代えても」

衛悟が強い決意を口にした。

そして、罠《わな》の張られた敵地へ向かった併右衛門と衛悟は、無事に相手を倒し、瑞紀を救い出した。

「ふん」

助け出されるまで緊張をし続けていた瑞紀が、背負われた衛悟の背中で安心しきった顔をしているのを見た併右衛門は、安堵《あんど》とともに寂しさを感じた。なぜか娘が遠くなった気がしたのだ。

それ以降も、幕政の闇に囚《とら》われた併右衛門と衛悟の二人は、数え切れない危機を乗りこえ、互いに命を預け合うことで強固な絆《きずな》を紡いだ。

そして、絆は家族という形になった。

併右衛門は、娘を心から大事にしてくれている衛悟と、幼い日の想いを育《はぐく》み続けた瑞紀の二人を認めた。

すべてが終わった……はたしてそういえるかどうかはわからないが、宿敵冥府《めいふ》防人《さきもり》を討ち果たし、御前《ごぜん》と称していた一橋治済《ひとつばしはるさだ》を抑え、一応の平穏を取り戻した併右衛門は、隣家の息子衛悟を瑞紀の婿養子に迎えていた。

「こうでございまする」

目の前で娘が夫の持つ筆に手を添えて、書を教えていた。

「…………」

娘が男に尽くす。男親の苦悩を併右衛門は味わっていた。かつて己が書を教えるために握った娘の手は、もう父親のものではなくなっていた。

「……いえ、そこではなく、もう少し先で撥《は》ねる……そうでございまする」

妻が夫を褒めた。

「これでよいのか」

「はい。お見事でございまする。今日はここまでにいたしましょう。お疲れでございましょう。今、お茶を」

ほほえんで、瑞紀が立っていった。

「衛悟」

「なんでございましょう」

筆を置いた衛悟が、併右衛門を見た。

「見せよ」

併右衛門が手を出した。

「……はい」

気の進まぬ顔で衛悟が手習いをした紙を差し出した。

旗本のなかでも裕福と言われる立花家である。かつてのように反古紙の上に水で練習しなくても良くなっていた。

「……なんじゃ、これは」

ちらと紙を見た併右衛門が渋い顔をした。

「いかに剣術しかしてこなかったとはいえ、これはどうなのだ。旗本として……」

併右衛門は説教を始めた。

「そもそも吾が家が、小普請組から脱し、奥右筆組頭にまで出世できたのは、筆を得意としていたからである。そなたも立花家の跡継ぎとなったのだ。剣術ほどとはいわぬが、世間に恥じぬていどの文字を書かねばならぬ。達筆でなくてもよい。読めるだけのものをだな」

「申しわけございませぬ」

叱られた衛悟が小さくなった。

「お父さま。衛悟さまは、まだ手習いを始められたばかりでございまする。あまりきつくお叱りになられませぬよう」

茶を持って戻ってきた瑞紀が、衛悟をかばった。

「ふん」

妻に助け船を出されている衛悟の姿に、併右衛門は既視を感じていた。瑞紀の手習いを隅から見ていた情けない顔の衛悟が、そこにいた。

「ああ。あのときから、今あるは決まっていたのだな」

併右衛門は、腑《ふ》に落ちた。

「津弥、そなたの考えどおりになったようだ」

ゆったりとしたほほえみを浮かべる妻の顔を、併右衛門は久しぶりに思い出していた。

「孫を抱くまで、そちらにはいかぬ。まだまだ待たせるが、そのときは、ゆっくりと話をしようぞ」

妻を近いものに感じた併右衛門が笑った。

第二話　冥府防人の章

　ふくらはぎの上を蝮《まむし》が這《は》っていった。頭の上に、蜘蛛《くも》が巣を作った。それでも甲賀《こうが》組与力《ぐみよりき》望月信兵衛《もちづきしんべえ》の嫡男《ちゃくなん》小弥太《こやた》は、微動だにしなかった。

　小弥太が隠遁《いんとん》の修行に入って四日目を迎えようとしていた。小弥太は三日三晩飲まず食わずで、じっと山中に潜《ひそ》んでいた。

「……………」

　気配を殺している小弥太に、密かに近づく者がいた。ほとんど下草を揺らさず、虫の音を乱さず接近してくる気配は、野生の獣《けもの》のようであった。

　間合いが三間（約五・四メートル）になったところで、小弥太は動いた。

「ふっ」

　息を抜くようなかすかな気合いを発して小弥太が手裏剣《しゅりけん》を投げた。

「……よろしかろう」

　あっさりとその手裏剣を弾いた男が、小弥太に立ちあがっていいと告げた。

「離れていただけるか。師」

　小弥太が男に言った。

「ふふふ」

男が満足そうに笑った。

「どれくらい離れればよいかの」

「十間(約十八メートル)」

小弥太が告げた。

「わかった」

落ちていた手裏剣を拾って、男が十間以上離れた。

「…………」

確認して小弥太が飛び起きた。

「師といえども油断せぬ。それが忍《しのび》の心得である」

男がゆっくりと近づいてきた。

「手裏剣を返そう」

さきほど小弥太が投げた手裏剣を男が差し出した。

手裏剣は鉄を使って作る。当然のことながら、費用がかかった。できるだけ投げた手裏剣を回収するのも、忍の義務であった。

「かたじけない」

小弥太が手を伸ばした。

「ふん」

不意に男が手裏剣を握りこみ、突いてきた。

「ちっ」

伸ばした手を引っ込めつつ、小弥太が後ろへ跳んだ。空中で腰に差していた小刀を抜き、降りるなり、身構えた。

「まあまあだな」

男が手裏剣を下に置いて、離れた。

「…………」

それを見た小弥太が無言で拾った。

「あそこで、突き出された手首を摑《つか》んで引き寄せつつ、顎《あご》に一撃を入れられるようになれば、文句なしだったのだがな」

男が批評した。

「そのようなまねをしていたら、腹を刺されておりましょう」

小弥太は男を睨《にら》んだ。

「いいな、おぬし」

男が笑った。

「よし、鍛錬《たんれん》はここまで」

「……ありがとうございまする」

宣言した男に、小弥太が礼を述べた。

「まずは、逸物《いちもつ》を仕舞《しま》え」

男が小弥太の股間を指さした。

日をまたぐ隠行《おんぎょう》でもっとも難題となるのが、排尿であった。大便は数日前から食事を減らせば我慢できるが、水はそうはいかなかった。修行を積んだ忍ならば、三日やそこら水を一滴も口にせずとも耐えられるが、どうしても影響が出た。筋や関節の動きが悪くなるうえに、思考も鈍《にぶ》る。水は人に必須なものであり、こればかりは断てない。となれば、排泄《はいせつ》をどうするかという新たな問題が生まれる。

なにせ隠行中なのだ。小便するために動いては意味がない。また、臭《にお》いも邪魔になる。忍《しのびしょうぞく》装束を付けたまま、排尿するのは平気でも、臭いが出てしまう。とくに衣服に染み付いた臭いは、洗うまでまず取れないのだ。隠行を終えた後も臭う装束を身に纏《まと》っていては、後を追われやすくなるだけでなく、目立つ。

では、どうするかというと、隠行する場所、そこの股間に当たるところに穴を掘るのである。そして、その穴へ逸物を出し、小便をする。こうすれば、小便は土に吸われて、臭いもしにくくなる。任を終えた後も軽く埋めておくだけで、後始末も要《い》らない。

「ああ」

忍装束は細かく紐《ひも》で調節できるようになっている。指摘された小弥太は、股間の紐を操って、身形《みなり》を整えた。

「江戸へ帰るのか」

すべての始末を終えた小弥太に、男が訊《き》いた。

「用意でき次第、江戸へ戻ります る」

小弥太が首肯《しゅこう》した。

「郷へ残らぬか」

男が誘った。

「笹葉《ささは》韻斎《いんさい》師のお誘いはかたじけのうございまするが、わたくしは土佐守《とさのかみ》家の流《りゅう》でござれば」

小弥太が首を振った。

「土佐守家か……もう、過ぎたことどころの話ではなかろうに」

笹葉韻斎と呼ばれた男が嘆息した。

「朝廷の馬を預かり、飼養牧《しようまき》を任せられた功で、十六ヵ村を与えられ、甲賀五十三家の筆頭として名を知られた望月家、その歴史を侮《あなど》られるか」

小弥太が雰囲気を固くした。甲賀は伊賀《いが》と違い、地侍が忍と化している。これは、京に近く、戦乱の影響を受けやすいという歴史によった。

京を追われた権力者の多くが、近江《おうみ》へ逃げる。京から近いうえ、東海道《とうかいどう》、北国《ほっこく》街道だけでなく、水路もある近江は、逃走の手段がいろいろある他に、再戦を挑む兵を募るために東国へ行きやすいからであった。

「古くは、天武《てんむ》天皇の……」

抗議の意味を込めて、小弥太が語ろうとした。

政争に敗れた天皇、公家、将軍、大名、これらを受け入れてきた近江は、権の奪い合いに嫌でも巻きこまれた。

再起を図るには、なによりも兵力、次に的確な状況判断、そして調略《ちょうりゃく》である。京の状況を判断するには、現地を見聞するのが確かであり、調略をかけるのもそうだ。他人目《ひとめ》に付かないよう京へ入り、任を果たして戻ってこなければならない。幸い、京かといって人の顔も知らぬ東国の武士にこれを任せるわけにはいかない。

の隣国で、比叡山《ひえいざん》や琵琶湖《びわこ》を擁《よう》する近江は、公家や大名の遊山の場所でもある。近江の地侍たちは、こういったときに警固《けいご》の兵を出したり、貢《みつ》ぎものを捧げたりして、有力な人物の顔を見る機会も多い。

いろいろな条件がそろっていることから、近江の地侍は忍となった。

こういった経緯もあり、甲賀の忍は権力者に近くなり、一国全体で雇われるという形態をとり、一人働きを基本とし、ときと場合で雇い主を変える伊賀とは一線を画していた。

「ああ、すまぬ」

不機嫌になった小弥太に、笹葉韻斎が詫《わ》びた。

「おぬしの矜持《きょうじ》を理解できぬわけではないぞ。しかし、江戸へ戻ったところで、甲賀組与力の家禄《かろく》は八十石でしかない。それも五公五民では、四十石全て売っ払っても三十六両ほどであろう」

「…………」

言われた小弥太が黙った。

「それならば、甲賀に残り野良働きしているほうが、金になる」

野良働きとは、そのとき限りとなる主《あるじ》から金をもらって忍の仕事を請け負うことである。かつては特定の主に仕えていた甲賀忍者も、天下泰平となってからは雇ってくれる相手を失った。江戸へ出て徳川《とくがわ》へ仕えなかった地侍たちは、伊賀同様の野良働きで金を稼ぐしかなくなっていた。

「野良働きも減ったが、それでも途切れぬていどにはある」

さすがに戦国のころのように、隣国へ忍びこみ、その城の内部を調べてこいだとか、大名の首を獲《と》ってこいなどはないが、商人が相手を出し抜くために下調べを求めてきたり、大名家の内紛を幕府に知られないよう、隠密《おんみつ》の侵入を防ぐなどの依頼はあった。

「昨今は、商人の求めが多いぞ。金を運ぶ警固だとか、各地の米の出来を調べるとかな」

その場限りという形態を取るため、扶持米《ふちまい》などを支給されることはないが、代わりにけっこうな金額が支払われた。

「なかには、敵対している店《たな》の帳簿を盗《と》って来てくれだとか、大坂から江戸へ出した飛脚から書状を奪ってくれとか。商人というのは、金のためならばなんでもするからな。そのぶん、払いもいいが」

笹葉韻斎があきれた。

「とにかく、そなたくらいの腕があれば、まずまちがいなく年百両は稼げる」

「百両……」

実家の望月家の禄、その倍以上という金額に小弥太は息を呑《の》んだ。

「それにな、野良働きは明日の保証はないが、なにも気にしなくてすむ。嫌な奴に頭を下げずともよい。ああ、もちろん、気に喰《く》わぬ客はあるぞ。商人はまだ良いが、大名家のなかには、未《いま》だに忍を下人扱いして、見下げる者も多い。だが、それも相手が金づるだと思えば、腹も立たぬ」

笹葉韻斎が利を告げた。

「甲賀組与力になれば、米の心配はしなくてもよかろうが、まず江戸から出られまい」

「それはいたしかたありますまい。甲賀組与力は江戸城大手門《おおてもん》の警固という名誉を預かっておるのでございますれば」

小弥太が反論した。

「名誉……ふん」

小さく笹葉韻斎が鼻先で笑った。

「薄禄《はくろく》でこき使うために、幕府が用意したものだろうが。禄と違って、名誉には金がかからぬからの」

「いくら師とはいえ、あまりでございましょう」

小弥太がむっとした。

「まちがってはおるまいが。しかし、なぜ、そこまで江戸にこだわる。江戸には妹もおるだろう。その妹に婿《むこ》を取らせ、そなたは甲賀で自在に技を振るえばよいではないか。そなたほどの腕を持つ甲賀忍は、郷におらぬ。おそらく、あと五年修行すれば、儂《わし》など凌駕《りょうが》するだろう。よいか、そなたは伝説の甲賀忍者になれる素質がある。幕臣甲賀組与力の名誉などより、はるかに値打ちがあるぞ」

「絹《きぬ》に婿を……」

一瞬、小弥太が考えた。

「……いえ。それはできませぬ」

すぐに、小弥太は拒んだ。

「なぜじゃ。同じ甲賀組のなかに、婿養子となる次男や三男はおろう。そのなかからよいのを探せば……」

「それでは足らぬのでございまする」

強く小弥太が否定した。

「わけを言え」

「養子では望月の家に思い入れが薄い」

「…………」

今度は笹葉韻斎が黙った。

「望月の家をかつての隆盛に戻すには、他人の三倍以上の努力をせねばなりませぬ。いや、十倍……」

「待て、かつての隆盛とはなんのことだ」

笹葉韻斎が遮《さえぎ》った。

「いまだ甲賀に残る望月本家がもっとも隆盛を誇ったころでも、三千石には満たなかったはずだ。それを江戸へ出た分家のそなたが再興するとは、話がわからぬ」

「本家など、どうしようもございますまい。かつての栄華を思うことなく、豪農としての日々に埋没しているだけ。それでは、望月の再興などなりませぬ。かつて信濃《しなの》において力を誇り、木曾義仲《きそよしなか》公より信濃の望月が味方であれば、なんの憂《うれ》いもないと言わしめた家がそれではどうしようもございませぬ」

「何百年前の話をしている。栄枯盛衰は世の常だぞ。落ち着け」

興奮する小弥太を、笹葉韻斎が抑えようとした。

「本来、望月家は武家でございました。それが世の流れで忍の統領になった。ならば、その流れを変えることもできましょう」

「そなた、忍を辞める気か。ならば、なぜ、郷まで修行に来た」

矛盾《むじゅん》していると笹葉韻斎が首をかしげた。

甲賀組与力の任は、大手門の警固である。書院番《しょいんばん》の下に入り、大手門を通過する人々を見張り、疑義あれば足止めして調べる。いわば門番であり、そこに忍の技はいらない。伊賀者が、探索御用を言いつけられるため、未だ厳しい修行をしなければならないのとは、違うのだ。

そのこともあるのか、近年、いや二代ほど前から、郷へ修行に来る江戸の甲賀者はほとんどいなくなっていた。

そんななか、小弥太は六歳の修行始めを端《はな》とし、くりかえし郷で技を学んでいた。

「残念ながら、甲賀は忍として幕府に認識されておりまする。現状が大手門の番であったとしても、御老中方は甲賀を伊賀に匹敵する忍だと思っておられる。今、甲賀の望月家を要路に覚えていただくには、忍の技しかないのでござる。剣術ができようが、算勘術《さんかんじゅつ》が得意であろうが、そのようなもの、目にも留めてくださいませぬ」

「…………」

無言で笹葉韻斎が、先を促した。

「ならば、忍の技を売りこむしかございますまい。幕府の隠密御用は、今やお庭番《にわばん》のものとなり、伊賀も干されておりまする。おわかりか、伊賀がやる気をなくしておるのでございまする。ならば、そこにつけこむべきでございましょう」

小弥太が浮かされたように続けた。

「御老中方は天下の政《まつりごと》を担《にな》っておられる。当然、いろいろと探索しなければならぬこともございましょう。なかには、同じ老中、いや、他人《ひと》に知られては都合の悪い用もありましょう。それを伊賀者が請け負ってきた。その伊賀者の腕が、お庭番の登場で落ちている」

「他人に言えぬ執政の探索御用を受けるためだと」

「さようでござる」

笹葉韻斎の確認に、小弥太がうなずいた。

「そうやって執政衆の懐《ふところ》に入りこみ、ひきたてていただく」

「無理だ」

はっきりと笹葉韻斎が首を左右に振った。

「忍は武士にはなれぬ。いつまで経《た》っても、どれほど役に立とうとも、忍は忍。武士に取り立てられることなどない」

笹葉韻斎が断言した。

「ありまする」

力強く、小弥太は宣した。

「伊賀の服部半蔵《はっとりはんぞう》が前例でございまする。服部は伊賀の出ながら、八千石取りの旗本にまで出世したではありませぬか」

前例だと小弥太は言った。

「なにを言うか。あの服部半蔵は忍の技ではなく、槍働《やりばたら》きで手柄を立て、高禄を得たのだぞ」

「それでも伊賀者が武士になったには違いありますまい。甲賀者が旗本になって不思議はございませぬ」

「あれは戦国だからだ。今は違う。泰平だ。手柄の立てようがないぞ。忍の手柄は表に出ぬ。高望みはするものではない」

笹葉韻斎が説得した。

「表に出さなくともよろしゅうございましょう。天下の権を握っておられる田沼主殿頭《たぬまとのものかみ》さまは、賄《まいない》の嵩《かさ》で出世の度合いを変えられる。賄も表には出せませぬ。同じ出せぬもの同士……」

「小弥太……そなた」

笹葉韻斎が音を立てて唾《つば》を呑んだ。

「まさか、隠密御用で田沼さまを脅《おど》すつもりではなかろうな」

「…………」

小弥太は答えなかった。

「止《や》めて……」

「では、ご指導ありがとうございました」

言いかけた笹葉韻斎に礼を被《かぶ》せた小弥太は、そのまま踵《きびす》を返した。


甲賀組与力が、幕府から与えられた組屋敷は新宿《しんじゅく》にあった。

「ただいま戻りましてございまする」

甲賀の郷から帰った小弥太は父信兵衛に修行を果たしたことを報告した。

「うむ。いかがであった」

「一通りは修めて参りました」

問われた小弥太は胸を張った。

「……ならば、技を見せてみよ。そうよな。その姿勢のまま、天井へ飛びつけるか」

「…………」

座敷に正座した状態で、小弥太が跳ねた。

「見事」

両手、両足の親指と人差し指で天井の桟《さん》を摑んで張り付いた小弥太を、信兵衛が褒《ほ》めた。

「降りてこい。次に手裏剣はどうだ」

「必中ならば、五間（約九メートル）。届かせるだけならば八間（約十四・四メートル）いけまする」

「ほう。普通は三間（約五・四メートル）だというに」

信兵衛が感心した。

「修行の成果を認めよう」

重々しく信兵衛が言った。

「ただし、これに慢心せず、これからも励め」

「承知しておりまする」

信兵衛の訓戒を小弥太は神妙に聞いた。

父親の前を下がった小弥太は、屋敷の奥へと入った。

「おかえりなさいませ」

奥の仏間で妹の絹が待っていた。

「うむ」

軽くうなずいた小弥太は、まず仏壇の前に膝《ひざ》をついた。

「母上……」

小弥太は手を合わせた。

「……兄上さま」

しばらく黙禱《もくとう》していた小弥太に、絹が声をかけた。

「絹。すまなかった。母上さまの最期を看取《みと》るどころか、その病《やまい》の世話をすべてまかせてしまった」

小弥太が詫びた。

「いいえ。兄上さまは甲賀で厳しい修行を積んでおられたのでございまする。家のことくらいは、わたくしが」

絹が小さく首を左右に振った。

「いや、吾《われ》も母の子供なのだ。絹と一緒に母の看病をしたかったが……」

小弥太がふたたび瞑目《めいもく》した。

「とはいえ、すんでしまったことは悔《く》やんでもいたしかたない」

小弥太は目を開けた。

「兄上さま、修行のお話をお聞かせくださいませ」

二つ歳下の妹がねだった。

「おもしろいものではないぞ」

苦笑しながら、小弥太はその日遅くまで絹に語って聞かせた。

甲賀組与力の屋敷は、一軒あたり二百坪以上ある。だからといって身分は御目見《おめみえ》以下であり、さほど豪壮な建物ではなかった。その代わり、庭は広かった。

「……はっ」

周囲に聞こえないほど小さな気合いで、小弥太は忍刀を振った。

忍刀は、狭い天井裏や床下でも取り扱いやすいよう、刃渡りは短い。また、その鞘《さや》を踏み台代わりに使って、塀《へい》を乗りこえたりするため、直刀《ちょくとう》仕立てであった。

「ぬん」

小弥太は突きを放って、稽古《けいこ》の締《し》めとした。

「お疲れさまでございまする」

横で見ていた絹が、小弥太に水で濡らした手ぬぐいを渡した。

「ああ」

手ぬぐいを受け取った小弥太は、忍刀を鞘ごと絹に預けた。

「重い……」

絹が驚いた。

「鞘が鉄でできているからな」

汗を拭《ふ》き終わった小弥太が、笑いながら絹から忍刀を取りあげた。

「動きにくくはございませぬか」

絹が問うた。

甲賀の家に生まれた者は、女も忍の修行を一通り受ける。絹も忍刀を振るくらいはした。

「これも修行だ。重いものに慣れておけば、普通の刀を持ったときは、苧殻《おがら》のように振り回せよう。まあ、鞘を鉄にしたのは、修行というより便利だからよ。普通の鞘だと、人を殴ったり、なにかにぶつけたりすると割れてしまうだろう。鉄鞘ならば、刀を受け止めても平気だ。どころか、相手の刀を折れる。他にも、踏み台としても丈夫《じょうぶ》で使いやすい」

「さすがは兄上さまでございまする」

絹が感心した。

「わたくしももっと努力いたさねば」

「無理するなよ。そなたは女なのだからな」

小弥太が絹の肩に手を置いた。

「いえ、わたくしも望月の血を伝える者でございまする」

絹が表情を引き締めた。

「そう言ってくれるか」

小弥太は喜んだ。

「明日からご一緒させていただいてもよろしゅうございましょうか」

「ああ。ともに修行を積もう」

妹の申し出を小弥太は喜んで認めた。

御目見できない甲賀与力とはいえ、幕臣には違いない。小弥太がどれだけ忍の技に長《た》けていても、家督《かとく》を継ぐまでは表に出られない。

望月家の当主信兵衛は、すでに四十歳をこえているが、まだまだ矍鑠《かくしゃく》としており、家督を譲る気はまったくなかった。

小弥太は三年の雌伏《しふく》をやむなくされた。

「執政衆との接点がない」

甲賀から帰ってずっと修行を重ねてきた小弥太も、焦《あせ》り始めた。

「父上さまにお願いしてみては」

苛《いら》つく小弥太に、絹が提案した。

「そうだの」

小弥太は、信兵衛のもとへ出向いた。

「家督を譲れだと。いずれはそなたのものになるのだぞ。急ぐ理由はなんだ」

当然ながら、信兵衛が首をかしげた。

「田沼主殿頭さまの知遇を得たいと思いまする」

小弥太は述べた。

「……田沼さまだと。ご執政筆頭のか」

「はい」

「どうやって。たとえ望月家の当主となろうとも、田沼さまにお目にかかるなどできぬぞ」


「毎朝のご登城の折に……」

甲賀組与力が守る大手門を、田沼主殿頭の行列は通過している。

「……そこでお目に留まれば」

「どうやって。田沼さまの行列がお通りになられるときは、書院番頭どのを先頭に書院番士のお歴々が前に並ばれ、我ら甲賀組与力は姿さえ見えぬところで控えねばならぬのだぞ」

「書院番頭さまが……」

「ああ。他のお大名方のときは、まず番所から出てこられない書院番頭さまが、先頭に立たれる。どういうことかわかるな」

「少しでも前に出て、田沼さまのお目に留まろうと……」

問われた小弥太が答えた。

「そうだ。田沼さまのお目に留まれば、思いもよらぬ出世を遂げることもあるからな」

信兵衛がうなずいた。

「ですが、それならばより望月の名前をあげるためにも……」

「愚か者」

食い下がる小弥太を、信兵衛が怒った。

「出過ぎれば打たれるのが、世の常だ。とくに甲賀や伊賀は、侍扱いされておらぬ。そのような者が、書院番頭さまを押しのけて前に出るなど」

信兵衛が険しい顔をした。

「……………」

「睨まれて、お役を取りあげられかねぬぞ」

信兵衛が厳しい口調で言った。

「小弥太、第一、そなたはなにを考えている。望月をどうしたいのだ」

「望月を服部半蔵家のようにいたしたいのでございまする」

尋ねられた小弥太は答えた。

「服部……伊賀のか。馬鹿を申すな。服部はたしかに忍としては望外の八千石だったが、二代で潰《つぶ》れたであろう。いっとき高禄を得ても、代を重ねられなければ意味がない。八千石で二代より、八十石で十代のほうがよい」

信兵衛があきれた。

「ですが、望月は土佐守まで任官した名門。それが八十石の与力では、ご先祖さまに申しわけがございませぬ」

小弥太が言い返した。

「時代を考えろ。戦国とは違うのだ。戦国の太閤秀吉《たいこうひでよし》は、もう夢なのだ。今は、身分は変えられぬ。第一、古びた土佐守などという看板が、なんの役にたつというのだ」

「土佐守は少なくとも六位《ろくい》以上、布衣《ほい》格でございまする。布衣格となれば、御目見以上は確実、家禄も……」

「寝言は夢のなかで言え。そなた先ほど、伊賀の服部を例に出したな。たしかに服部は伊賀組を預かり八千石を食《は》んでいた。その服部が潰された。だが、その代わりをする者は出なかった。御上は残った伊賀組から頭《かしら》を選ばなかった。わかるか、御上は二度と伊賀者を旗本として引きあげられなかったのだ」

「ゆえに、田沼さまなのでございまする。田沼さまならば、いかようにでもなさってくださいましょう」

「……なにを考えている」

口にした小弥太に、信兵衛が低い声を出した。

「…………」

小弥太は黙った。

「言えぬのだな。それでは家督など譲れぬ。そなたに望月の家督を渡したら、家が潰れてしまうわ」

信兵衛が苦々しい顔をした。

「少し頭を冷やせ。とにかく、あと五年は、いや、そなたが身の程を知るようになるまで譲らぬ。甲賀で修行を重ねて、少しは大人《おとな》になったかと思ったが……まだまだったわ。下がれ」

信兵衛が手を振った。

「……兄上さま」

父のもとから帰ってきた兄の顔色に絹が息を呑んだ。

「なにかございました」

「…………」

小弥太は妹の気遣《きづか》いにも応じなかった。

「兄上さま」

絹が小弥太の膝に手を置いた。

「……わたくしは兄上さまについてまいりまする」

「絹……」

「わたくしは兄上に育てていただいたも同然でございまする。いわば、兄上さまこそ、父。子は父に従うもの」

見つめてくる小弥太に、絹が目を合わした。

小弥太と絹の母は、甲賀組きっての美貌《びぼう》で知られていた。ただ、あまり丈夫ではなかった。その美貌に惚《ほ》れた信兵衛が、健康な子供を残すことが当主の使命だという周囲の反対を押し切って、嫁に迎えた。幸い、二人の子を無事に産んだ母だったが、蒲《ほ》柳《りゅう》の質は二度の出産で力を使い果たし、以降はほぼ寝たきりの状況になった。

「閨《ねや》の務めもできぬなど、女ではないわ」

信兵衛はあれほど熱意を持って口説《くど》いた妻が、閨を拒《こば》んで以降、態度を激変させた。女中という名目で、妾《めかけ》を長屋に入れ、妻を顧《かえり》みなくなった。

どころか、妻の血を引く小弥太と絹を嫌った。とくに、母親の美貌をそのまま受け継いだ絹を忌避《きひ》した。

「同じ顔で……」

親恋しさで近づいてくる絹を、信兵衛は邪険にした。

母は弱く、父は冷たい。幼い絹は、兄に縋《すが》るしかなかった。

「兄さま、兄さま」

まとわりついてくる絹を小弥太はかまった。やはり父に疎《うと》まれているという寂しさが、甘えてくる妹で慰められたからだ。

仲の良い兄妹《きょうだい》、屋敷のなかを明るくするはずの風景は、かえって雰囲気を悪くした。

「ああ」

「あてつけおって」

信兵衛は、小弥太と絹を見るたびに憎々しげな顔になった。

小弥太が信兵衛に似ているのも悪かった。己《おのれ》にそっくりな息子が、妻に瓜二《うりふた》つな妹と仲睦《なかむつ》まじくしている。年齢の違いがあったにもかかわらず、己と妻との現状を揶揄《やゆ》されているように、信兵衛は受け止めた。

「子を産め、男をだ」

信兵衛は妾に没頭した。子供の目を気にせず、信兵衛は妾を抱くようになり、やがて病身の妻を屋敷の片隅へ追いやった。

「ここは当主の閨を務める者の部屋だ」

信兵衛はその後に妾を入れた。

とはいえ、妻は同じ甲賀組与力の娘である。身体《からだ》が弱く、夫婦生活に耐えられないという理由で離縁はできなかった。なにせ、跡継ぎを産んでいるのだ。これが一人も子をなしていないならば、立派に実家に帰す理由になる。しかし、子を産んでからの病なのだ。それを実家へ戻すなどすれば、妻の実家とは絶縁状態になるだけでなく、他の与力たちからも白眼視される。逆にいえば、追い出しさえしなければ、望月の家のこととして、他家が口出しできない。多少、あの扱いはどうだと陰口を叩《たた》かれるくらいですむ。

しかし、それは二人の子供の心に大きな傷を残した。

当主の妻として、庭に面し、風通しも日当たりもよかった六畳間から、窓さえない二畳納戸《なんど》へ移された。そうでなくとも身体の弱い母が、環境の変化で一層《いっそう》悪くなるのを目の当たりにした子供がどう思うか。

「無力だ……」

「むごいまねを……」

小弥太はなにもできない己を嘆き、絹は父親を怨《うら》んだ。

哀しく辛《つら》い日々が重なった。幸いだったのは、信兵衛と妾の間に、子供ができなかったことだけであった。

「十五になりましたゆえ」

元服し、己の考えで修行に出ることを許される年齢になった途端《とたん》、小弥太はまた甲賀の郷へ行くと宣した。甲賀組与力の嫡男として六歳から、組屋敷にある道場で忍の術を学んではいたが、それはあくまでも基礎であり、とても実戦に耐えられるものではなかった。

これでは父と同じところまでしかいかぬ。とても足らぬと小弥太は感じていた。

「母のこと頼むぞ」

「お任せを。兄上さまこそ、ご無事で」

家庭に、いや、背中を見せるべき父に恵まれなかった兄妹は、歳よりも老成し、より強固な繋《つな》がりを築いていた。

「かならずや、望月の家を大きくし、母に名の知れた医者を」

「はい」

決意を口にした兄を、妹は見送った。

そして三年が過ぎ、小弥太が戻る前に母の命は尽きた。

「忍は肉親の末期に立ち会えぬ。それが宿命《さだめ》だ」

母危篤《きとく》の報《しら》せを受け取った小弥太に、笹葉韻斎が淡々と告げ、

「わかっておりまする」

小弥太は感情のない声で応じた。

「望みは潰《つい》えたが、夢はまだだ」

母に名医をとの望みはかなわなかったが、家を復興し、いつでもそれができる身分になるという夢は残った。いや、より一層強くなった。

小弥太は修行に没頭し、笹葉韻斎に舌を巻かせるほどの忍となった。

「分をわきまえろ。夢は夢だ」

目的の一つ、母を助けるというものを失敗し、残りのもう一つ、二度とこういうことがないように家格を上げようと提案した息子を信兵衛は一言で切って捨てた。

「そちらがそのつもりならば……覇気のない男など生きている意味さえないわ」

小弥太は父を見限った。

「正攻法で田沼さまに近づく方法はなくなった。となれば、裏よな」

「無理は……」

絹が小弥太を案じた。

「兄上さままでいなくなっては……」

「そのときは、そなたが婿を取り望月の家を」

「嫌でございまする」

小弥太の言葉を、おぞましいと言わぬばかりの態度で絹が拒否した。

「なにがあった」

辛《つら》い育ちかたをしたため、あまり感情を露《あら》わにしなくなっていた絹の態度に、小弥太は疑問を抱いた。

「見合いの話を父が……」

「……見合い……嫁入りのか」

「それが……婿を取れと」

「くそ親父《おやじ》が、吾に家督を譲らぬつもりだな」

小弥太は吐《は》き捨てた。

「兄上さま以外、望月の家名をあげられるお方はおられませぬ。それに、あの父の選ぶような男に身を任せるなど……」

絹が嫌悪の表情を浮かべた。まだ幼かった絹の目の前で、妾と身体を交わすような信兵衛のことを、絹は心底毛嫌いしていた。

「あやつが選ぶ男などろくでもない」

信兵衛が自在に操れる男以外を婿にするはずはない。小弥太も頬《ほお》をゆがめた。

「これでふんぎりはついた」

小弥太が表情を引き締めた。

「今夜、田沼さまと会う」

「……どうなさいまするか」

「屋敷に忍びこむ」

「無茶な……見つかれば無事ではすみませぬ」

絹が顔色を変えた。

「大丈夫だ。すでに下見はしてある。さすがに田沼さまだ。毎日夜中まで来客が引きも切らぬ。何十人もの侍が、屋敷のなかでざわめいているのだ。多少腕が立つくらいの警固では、気配を感じることさえできまい」

小弥太は、田沼主殿頭の上屋敷が無防備だと告げた。

「ですが……」

「高い枝に登らなければ、熟した柿は食べられぬ。多少の危険を嫌っては、我らの望みは果たせぬ」

初めて小弥太は、我らと言った。

「わたくしたちの夢……」

「ああ。親父を追い落とし、望月家を旗本にする。そして、絹を良いところに嫁に出す」

「嫁になど参りませぬ。わたくしは兄上さまのお側におりまする」

夢を語った小弥太に、絹が不満を言った。


夜のとばりが降りる前に、小弥太は組屋敷をあとにした。

「……あれでつけている気になっているとはな。丸見えだぞ」

組屋敷を出たところから、一人の男が小弥太の背後に張り付いていた。

「見たことのない顔だが……甲賀組だとしたら、役立たずだな」

小弥太は鼻先で笑った。

「…………」

辻《つじ》を曲がった途端、小弥太は右の屋敷の屋根へ跳び上がり、身を伏せた。

少しして、警戒しながら男が辻から顔を出した。

「……いない。どこへ行った」

男が小弥太の姿を見失ったと焦った。

「まずいぞ。望月どのから息子の目的をつきとめたならば、絹どのの婿にしてやると言われたのに、見逃したでは役立たずと思われる」

男が目を落ちつきなく動かして、小弥太を探した。

「絹どのほどの女は、そうそういない。そのうえ望月家の跡取りになれるのだ」

男が辻の奥へと駆けだしていた。

「あやつが、絹の言っていた婿候補か」

小弥太が身を起こした。

「あのていどのやつに絹は預けられぬ」

もう一度男の去った方を見てから、小弥太はもと歩いていた道へ戻った。

「……今夜は一層多いな」

老中田沼主殿頭の上屋敷近くまで来た小弥太は感心した。

十代将軍家治《いえはる》の寵愛《ちようあい》を受け、田沼主殿頭は六百石の小身から遠江《とおとうみ》相良《さがら》三万七千石の大名へ立身した。

「すべては主殿頭のよきにはからえ」

あまり政に興味のない家治は、常からそう言って大政を田沼主殿頭に預けている。

となれば、出世したい大名や、役人、金儲《かねもう》けをしたい商人が集まって来る。

それを田沼主殿頭は拒まなかった。さすがにすべてと応接するわけにはいかないが、できるだけ多くの者と田沼主殿頭は会っていた。

「わたくしは少々算勘に自信がございまする。勘定方《かんじょうかた》をお任せいただければ、きっとお役にたちまする。これは些少《さしょう》でございまするが……」

田沼主殿頭の前で平伏しながら、中年の旗本が袱紗《ふくさ》に包んだ小判を差し出した。

「これはこれは。金は命の次に大切なもの。それを差し出すは忠義の一つでございまする。ご貴殿のお名前、覚えましたぞ」

「かたじけのうございまする」

中年の旗本が感謝して帰っていった。

「……些《いささ》か少ないの。勘定組頭《くみがしら》を望んでいるとのことだったが……相場を崩すのはよろしくないの。勘定衆でよかろう」

一人になった田沼主殿頭が、袱紗包みをあらため、独《ひと》りごちた。

「殿、本日の応接はこれまででございまする」

用人が終了を告げた。

「うむ。ご苦労であった。これらの金を蔵への」

「はっ」

用人が配下の家臣を連れて書院に入り、積まれていた音物《いんもつ》を運び出した。

「……すごい。三百両はある」

天井裏でそれを見ていた小弥太が驚いた。

「一夜で三百両、一月《ひとつき》でおよそ一万両」

あまりに膨大《ぼうだい》な金額に、小弥太は絶句した。

「誰ぞ、酒を持て」

田沼主殿頭が酒食を命じた。

「よい。もう遅い。下がって休め」

酒を注ごうとする家臣に、田沼主殿頭が手を振った。

「人の欲というのは根深いものよ。旗本として他人に羨《うらや》まれる立場にありながら、まだ上を目指すとは」

一人酒を飲みながら、田沼主殿頭が呟《つぶや》いた。

「……夜分、ご無礼をつかまつる」

周囲に人がいないことを確かめた小弥太が声をかけた。

「誰じゃ」

田沼主殿頭が盃《さかずき》を置いた。

「決して、主殿頭さまに害意を持つ者ではございませぬ」

人を呼ばれる前に、小弥太が述べた。

「姿を見せよ。他人に信用してもらいたいならば、面を出せ」

厳しく田沼主殿頭が命じた。

「御免《ごめん》」

断りを入れてから、小弥太は天井板を開け、顔を出した。

「そんなところに……降りてこい」

田沼主殿頭が驚いた。

「……………」

音もなく小弥太は飛び降りた。

「そなた忍だな」

「甲賀組与力望月信兵衛の嫡男、小弥太でございまする」

「……甲賀組与力。それが余《よ》に何用じゃ」

名乗った小弥太に、田沼主殿頭が首をかしげた。

「わたくしめに立身の機会をいただきたく」

小弥太が言った。

「立身したいのならば、表から来るがよい」

田沼主殿頭が冷たく告げた。

「表からお願いできるだけのものがございませぬ」

身を小さくして小弥太は金がないと表した。

「代償なしに、望みを叶《かな》えろは厚かましいな。神でさえ、賽銭《さいせん》を欲しがる世だぞ」

田沼主殿頭があきれた。

「ゆえにこういった形で参上つかまつりましてございまする」

「ふむ。腕を買えと申すか」

「ご賢察おそれいりまする」

小弥太が一層深く平伏した。

「なにができる」

「忍の技ならば、どれでも」

問われた小弥太が答えた。

「…………」

田沼主殿頭が腕を組んだ。

「誰にも知れず、跡も残さず、人を殺せるか」

「……できまする」

言われた内容に、小弥太は一瞬の間をおいたが、すぐにうなずいた。

「そなたの望みを言え」

褒美《ほうび》をまず決めようと田沼主殿頭が話を変えた。

「望月家を布衣格に」

「随分《ずいぶん》と贅沢《ぜいたく》だの」

要望に田沼主殿頭が嘆息した。

「いえ、これは先祖の格に復したいだけでございまする……」

小弥太が望月家の由来を語った。

「ほう、甲賀組与力とは思えぬ歴史じゃの」

聞いた田沼主殿頭が感心した。

「なにとぞ……」

「わかった。ことをなしたあかつきには、望月家を千石で布衣格にしてやろう。役目はそのときに考えるでよいな」

「かたじけのうございまする」

田沼主殿頭の条件に小弥太は感激した。

「用があり、そなたを呼ぶにはどうすればよい」

「お呼びいただかずとも、こちらから参上つかまつりまする。毎夜四つ（午後十時ごろ）には、天井裏にて控えておりますれば、いつなりと」

小弥太は述べた。

「気に入った」

田沼主殿頭が満足げに首肯した。


天下を取ったといえる田沼主殿頭だったが、順風満帆ではなかった。

「あのような者、信用できぬ。父の寵愛《ちょうあい》をよいことに好き放題いたしおって」

十代将軍家治の嫡男家基《いえもと》が田沼主殿頭を嫌っていた。

「金で人を引きあげるなど、武家のすることではない。いずれ余が将軍となったおりには、なにをおいても罷免《ひめん》してくれる」

堂々と家基は田沼主殿頭を批判した。

「あのようなことを公言されては……」

「お若いからでござる。政を実際になさるようになられれば、落ち着かれましょう」

田沼主殿頭に近い者が警告を発したが、田沼主殿頭は相手にしなかった。

「さすがは主殿頭さまじゃ。お心の広い」

取り巻きたちが感心した。

「あの者のしたことをすべて消してくれるわ」

田沼主殿頭がなにも言ってこないのをよいことに、家基の言動はますます過激になっていった。

「余が将軍となったときは、そなたに老中を任せようと思う」

家基は人を集め出した。

「なびく者はおらぬと思うが、実際を理解できぬ愚か者はおる。愚か者とはいえ、数が増えれば、面倒だな。若いゆえの思慮不足とはいえ……」

田沼主殿頭が、家基に不快を示した。

「他にお子様がおられれば、家治さまにお願いして、西の丸さまを変えていただくのだが、他に男子がおられぬ。これでは、いかに上様でもお許しはくださるまい」

西の丸とは次の将軍のことだ。今は家基が西の丸にいた。そして家治は、活発な家基のことを愛していた。

今の田沼主殿頭に逆らう者はいない。だが、これは将軍家治という後ろ盾《うしだて》があればこそである。将軍家治が、田沼主殿頭を寵愛しているからこそ、誰もが頭を下げるのだ。もともと紀州《きしゅう》から八代将軍になった吉宗《よしむね》について江戸へ出て旗本になった田沼家は六百石の小身だった。その小身が、天下を自儘《じまま》にしている。代々の譜代、御三家などの名門の反発は目に見えていないがある。それを田沼主殿頭は理解していた。

「家治さまが亡くなれば……儂《わし》も終わりだ。吾が身一つが零落《れいらく》するくらいはよい。しかし、やっと幕府の体制を米から金へと変えられるところまできたのだ。米のような年によって出来に上下があるものを基礎とするなど先のことを考えぬにも等しい。豊作凶作にかかわらず、決まっただけの年貢金が納められてこそ、先を見据《みす》えた政ができる。幕府千年のためにも、ここで儂は退けぬ」

田沼主殿頭は独りごちた。

「幸い、吉宗さまのお陰で御三卿《ごさんきよう》があり、それぞれに若い男子がおる。十代さまのお血筋ではなくなるが、十一代さまには困らぬ」

田沼主殿頭が思案した。

「……あやつにさせるか」

田沼主殿頭の目が暗く光った。

その夜、最後の来客を帰した田沼主殿頭が天井に声をかけた。

「おるか」

「これに」

約束通り、小弥太はあの日以来、じっと天井裏で控えていた。

「降りてこい」

「はっ」

命じられた小弥太がしたがった。

「もう一度訊く。望月、そなた家格をあげるためならば、なんでもやるな」

「もちろんでございまする」

確認する田沼主殿頭の目を小弥太は見上げた。

「……覚悟のほど見たぞ」

強く田沼主殿頭がうなずいた。

「近く寄れ」

田沼主殿頭が、小弥太を招いた。

「……わかったな」

「…………」

命じられた内容に、小弥太が絶句した。

「将軍家世子《せいし》を……」

「できぬと言うか。なんでもすると申したばかりぞ」

「た、たしかに申しましたが……いくらなんでも」

小弥太は落ち着きを失っていた。

「人を殺せると話したの」

「……はい」

「将軍世子といえども、人には違いない。そなたが害すのは、ただの人だ」

田沼主殿頭が説得した。

「…………」

小弥太は沈黙した。

「嫌ならば、二度と余のもとに来るな。望月の家も潰してくれるわ」

冷徹な執政者の声を田沼主殿頭が出した。

「…………」

苦渋の表情を小弥太は浮かべた。

「余の力があれば、二度と望月の家を再興させぬことも簡単だぞ」

田沼主殿頭が追い打った。

「……わかりましてございまする」

小弥太が肩の力を落とした。

「よし。五日先、家基さまは品川《しながわ》へ鷹狩《たかが》りに出かけられる。そのときを狙え」

「城中ではなく……」

「そうだ。城中では、余の影響力が大きすぎる。城中で世子になにかあれば、真っ先に余が疑われる」

田沼主殿頭が述べた。

「では、世子さまを害するときも……」

「うむ。できるだけ傷のないようにいたせ。できるな」

「はい」

小弥太がうなずいた。

「お伺《うかが》いいたしまする。鷹狩りの警固はどのようなものになりましょう」

遠慮をなくして小弥太は問うた。

「ふむ。覚悟を決めたか。気に入った」

田沼主殿頭が小弥太を褒めた。

「警固はお先手組《さきてぐみ》と西の丸書院番組《しょいんばんぐみ》、西の丸小姓組《こしょうぐみ》と駕籠《かご》脇《わき》に小十人《こじゅうにん》が一組付く」

小十人とは旗本の次男三男のなかで、とくに武芸に優れた者で構成される。微禄とはいえ、任の性格上目通りもできた。養子先などの縁がない旗本の厄介者《やっかいもの》の次男三男にとって垂涎《すいぜん》の役目であった。

「そのていどならば……」

田沼主殿頭の説明に小弥太は笑みを浮かべた。忍の術を知らない武士など百人いようが、千人いようが、さほどのことはなかった。いや、混乱を招く乱波《らっぱ》の術を施すならば、相手は多いほど良い。群れた人ほど、混乱はあっという間に伝播《でんぱ》し、たやすく恐慌状態に陥《おち》いる。

「あと西の丸伊賀者が一組」

「伊賀者っ」

続けられた田沼主殿頭の言葉に、小弥太は緊張した。

「どうした。伊賀者の名前だけで表情が変わったぞ」

からかうように田沼主殿頭が口にした。

「当たり前でございまする。忍の相手は忍でしかできませぬ」

小弥太は緊張した。

「勝てぬのか」

「戦うならば、負けませぬ。ですが、今回は伊賀者にも知られず、世子さまのお命を頂戴《ちょうだい》せねばならぬのでございましょう」

「そうだ」

田沼主殿頭が首肯した。

「…………」

「できるのか。できぬのならば、別の手を考えねばならぬ」

黙った小弥太に、田沼主殿頭が訊いた。

「方法は一つ」

「できるのだな」

「してのけまする。主殿頭さま、ことを果たしたときは、約束をお守りくださいますよう」

確認した田沼主殿頭に、小弥太が念を押した。

「わかっている。家基さまの死が確認されたならば、もう一度訪ねてこい。そのときに約束の書きものをくれてやる」

田沼主殿頭が認めた。

上屋敷を出た小弥太は、家へと戻った。

「どこへ行っていた。最近、毎日のように出歩いているようだが、なにをしている」

父望月信兵衛が待ち受けていた。

「望月家を出世させるために動いている」

小弥太が答えた。

「夢を申すな。今、御家人が出世するには、田沼主殿頭さまに金を納めるしかない。そんな金などどこにある」

信兵衛が怒鳴《どな》った。

「金だけか、望月の財産は。他にもあるだろう、差し出すものが」

「なにを考えている」

「さてな」

もう親でもない。小弥太は相手をする気もなかった。

「そなたの行動が、望月に傷を付けかねぬのだぞ」

反発した小弥太に、信兵衛が怒った。

「傷などつくものか」

「その保証はどこにある。さあ、言え。なにをしようとしている」

「ふん」

鼻先で笑った小弥太は背を向けた。

「待て、小弥太。そなたのなすこと目に余る。儂は決めた、そなたを廃嫡《はいちゃく》する。奥で謹慎しておれ」

「………………」

廃嫡という言葉にも小弥太は動じなかった。

「こいつ」

無視されて頭に血が上った信兵衛が、脇差《わきざし》を抜いて小弥太へ斬りかかった。

「……ふん」

修行の差が出た。あっさりと背後からの一撃をかわした小弥太は、振り返りざまに信兵衛の右脇腹に当て身を入れた。

「うっ……」

脇腹には骨がない。肝臓に強い衝撃を与えられた信兵衛が気を失った。

「兄上さま」

騒ぎを聞きつけた絹が、顔を出した。

「絹か。少し頼みがある」

「では、わたくしの部屋で」

絹も信兵衛を無視した。

「お頼みとはなんでございましょう」

部屋に入った絹が問うた。

「そなた毒に詳《くわ》しかったの」

甲賀のある近江は、琵琶湖を抱えるだけでなく、伊吹山《いぶきやま》に代表される高地も持つ。水草から高原の草花まで、その種類は多い。他に豆斑猫《まめはんみよう》や蝮、赤棟蛇《やまかがし》などの毒を持つ生きものも棲息《せいそく》している。甲賀で忍の技に使う毒を調合《ちようごう》するのは、忍働きで他国へ出ていかない女たちの仕事であった。

「これでも、甲賀の女でございまするので」

確認された絹が、ほほえんだ。

「…………」

まさに女として花開いた、その色香は匂《にお》い立つようであり、兄でさえ一瞬見とれるほどであった。

「兄上さま……」

動きの止まった小弥太に、絹が怪訝《けげん》そうに首をかしげた。

「ああ。すまぬ。訊きたいのだが、毒味役は死なず、狙った者だけに効くような毒はあるか」

無茶な要望とわかりながらも、小弥太は問うた。

「毒味役は無事で狙った相手だけを殺す……」

絹が考えこんだ。

「手間はかかりまするが、方法はございまする」

「あるのか。どうすればいい」

小弥太が身を乗り出した。

「毒を二回に分けて与えるのでございまする」

「なぜ、そのような面倒をする」

「兄上さまは毒をご存じでございましょう」

小弥太の質問には答えず、絹が言った。

「ああ。甲賀の郷で修行中に、いくつかは飲んだ」

忍は毒を使う。当然、それがどのようなもので、どういった色、匂いをしているなど知っていなければならなかった。

「毒を飲まれても、兄上さまは生きておられまする」

「少なかったからな……あっ」

絹の言葉で小弥太が気づいた。

「はい。死に至る量を二度に分けて与えれば、一度ごとの毒味では影響がでませぬ」

「しかし、同じ者が二度とも毒味をしたならば……」

絹の案の穴を小弥太は指摘した。

「それは……」

絹がうつむいた。

「いや、そなたを咎《とが》めているわけではない。毒の使い方を教えてもらっただけで十分だ。それをどうするかは、吾が考える」

小弥太が妹をなだめた。

「では、白湯《さゆ》をお持ちいたしましょう」

兄の思案の邪魔にならぬよう、絹が部屋を出ていった。

「一定の量を与えれば毒は効果を発する。二度に分けようが三度に分けようが、身体から前に入った毒が消えぬ限り効く。食べものに入れるのは容易だが、毒味でばれるかも知れぬ。かといって、毒矢では証拠が残る。目立たぬほど小さな吹き矢を使うか。問題は、吹き矢では一度に送りこめる毒の量が少ない」

忍道具の一つに吹き矢がある。なかには小指の爪《つめ》ほどの小さな矢を使うものもあった。奇襲に使われ、相手の目を射るために使用された。

「伊賀者の警戒しているなかで、世子さまを追い続け、吹き矢を当て続けるなど無理だ」

小弥太は己の腕を自負していたが、慢心はしていなかった。

「吹き矢は一度限りだな……となるとあとは仕掛けか」

目を閉じながら小弥太が策を練った。

「まずは仕掛けで毒を身体に入れ、症状が出る寸前の量を食事で摂《と》らせる。そして、吹き矢で駄目押しだな」

小弥太は手段を決めた。

「よき案が出ましたか。さすがは兄上さま」

戻ってきた絹が、小弥太の表情が柔らかいと見てとった。

「仕掛けるにはまずは下見だ」

白湯を受け取った小弥太が述べた。

将軍家の鷹場《たかば》は庶民の立ち入りを禁じている。そのためもあり、江戸に近いにもかかわらず、鷹場に獲物は多かった。とはいえ、将軍世子が狩りに来て、獲物なしでは困る。鷹狩りを指図する鷹匠《たかじょう》の責任になるのだ。鷹匠は前々日には、獲物の様子を下見するのが慣例であった。

「散れ、獲物がいるかどうかを探れ。あと、蝮などの毒蛇は見つけ次第駆除せよ」

品川の少し西、新井宿《あらいしゆく》に陣取った鷹匠 頭《たかじようがしら》が下役に近い鳥見《とりみ》たちに命じた。

「はっ」

鳥見たちが鷹場へと踏み入った。

鷹匠は百俵高三人扶持《ぶち》で将軍家のお鷹を預かる。神君家康《いえやす》以来の役目であったが、生類憐《しようるいあわ》れみの令《れい》を出した五代将軍綱吉《つなよし》が廃止した。それを鷹狩り好きの吉宗が再設置した。鳥見は、鷹場の管理と獲物である白鳥や雉《きじ》の保護を役目とする。二百俵高五人扶持宛金《あてがね》五両で御目見のかなう組頭二人と八十俵五人扶持宛金十八両で御目見以下の四十人からなった。

「…………」

その鳥見に小弥太は紛《まぎ》れていた。四十人いる鳥見だが、そのすべては動員されていない。ここ以外の将軍家鷹場を維持するため、上目黒《かみめぐろ》、高円寺《こうえんじ》など七ヵ所に御用部屋があり、そこに交代を含めた人数が詰めているため、実質二十人ほどで広大な狩り場を見回らなければならない。どうしても己の担当地域だけに注意がいき、他のところまで気が回らなくなる。

鳥見の振りをして草を分け入っていた小弥太は、小枝の跳ね返りを顔に受けた。

「……つっ」

「いくらなんでも、放置しすぎであろう。こう小枝が伸びていては……」

文句を言っていた小弥太は、足を止めた。

「世子家基さまは八代将軍吉宗さまを信奉しているという。そして吉宗さまは鷹狩りのとき、率先して先頭を進まれたと聞く」

小弥太は口の端を吊《つ》り上げた。

将軍世子家基は、曾祖父《そうそふ》吉宗を崇敬《すうけい》していた。

「曾祖父さまのような将軍親政をする。老中どもの好き勝手させぬ」

吉宗を理想としている家基は、すべてにおいて吉宗をまねようとしていた。

「父に土産《みやげ》を」

家基は、用意された狩り場で張りきった。

「行け」

左手の拳《こぶし》に止まらせていた鷹を家基は放した。

「鉄炮《てっぽう》を寄こせ」

鷹が獲物を捕ってくるのが待てなかったのか、家基が鉄炮に手を伸ばした。

「小鳥では腹の足しにもならぬわ。勢子《せこ》ども追い出せ」

家基の指示でお先手組同心たちが、太鼓《たいこ》を叩《たた》き、大声を上げて駆け回った。

「鹿でございまする」

小姓が指さした。

「かっこうの獲物じゃ。手出しするな」

家基が駆けだした。

勢子に追い回された鹿は、逃げ場所を求めて動き回る。それを家基は追った。

「ええい、面倒な」

木立のなかを走り回った家基の顔や手足、首など露出しているところに小さな擦《す》り傷《きず》が山ほどできた。

「喰《く》らえ」

ようやく家基が鹿を仕留めた。

「おう、おまえも捕らえたか。見事じゃ」

愛鷹《あいよう》が兎《うさぎ》を仕留めているのを見て、家基が褒めた。

「喉《のど》が渇いた。休息をとる」

「こちらへ」

　将軍世子の鷹狩りである。すべては用意されていた。

「ようこそお出で下さいました」

品川の東海寺《とうかいじ》では、湯茶の準備が調《ととの》っていた。

「どうぞ」

家基の前に茶が差し出された。

「いただこう」

すでに毒味はすんでいる。小姓に異常がないことを確認した家基が口にした。

「……腹具合が悪い。城へ帰る」

茶を喫した直後、家基が不調を訴えた。

往路は騎乗だった家基が、馬に乗れなかった。

「西の丸さま、お駕籠《かご》を」

あわてて駕籠が用意された。

「……ううむ」

よろめいて家基が乗ろうとした。

二日前から小弥太は東海寺の境内《けいだい》に潜んでいた。伊賀者の探査が終わったあとに入りこみ、ずっと天井裏に潜んでいた。師匠からも認められた隠行は、警固の蔭供《かげとも》に付いている伊賀者にも気づかれていない。

「…………」

気配を殺した小弥太は、細い竹を使って作った吹き矢筒を構えた。

「これで仕上げだ」

口のなかで呟いた小弥太は、筒に息を吹きこんだ。

「…………」

腹痛に襲われていた家基は後ろ首に刺さった吹き矢に気づかず、世子の急変に驚いた小姓たちのうろたえる声や焦る動きが、小弥太の気配を消した。

三日後、家基は原因不明の高熱に呻《うめ》きながら、死亡した。

「まったく見事なものよ」

傷心している家治を慰め、家基の葬儀を手配した田沼主殿頭が呟いた。

「とはいえ、お血筋さまを手に掛けた者を旗本にするわけにはいかぬ。主殺《しゅごろ》しは大罪だからな」

己が命じたことに、田沼主殿頭は断罪の言葉を独《ひと》りごちた。

「西の丸伊賀者の頭を呼べ」

一応家基は奥医師によって、急性の食中り《しょくあた》による死亡とされているが、誰の目にも毒殺されたことは明らかであった。ただ、毒味役の小姓が健全なため、それを公には
できなかった。とはいえ、家基を守りきれなかったのには違いない。西の丸伊賀組は、頭以下全員が謹慎させられていた。

「汚名返上の機会をくれてやる」

田沼主殿頭が、呼び出された伊賀者に水を向けた。

「褒美《ほうび》をいただきに行ってくる」

家基の死を確認するまで待った小弥太は、その葬儀が終わった翌日、田沼主殿頭のもとへ行こうとした。

「わたくしもお供を」

絹が申し出た。

「なかには連れて入れぬぞ」

表沙汰《おもてざた》にできる功績ではない。妹を同行はできなかった。

「なにやら胸騒ぎがいたしまする」

絹が手を胸の前で合わせた。

「胸騒ぎ……大事ない。いざとなれば逃げ出す。田沼屋敷に吾を止められるだけの者はおらぬ」

小弥太も田沼主殿頭を完全には信じていなかった。

「ですが」

「吾がなにもせず、田沼屋敷の天井裏に何日も潜んでいたわけではない。しっかり仕掛けは仕込んである」

忍はかならず逃げ道を作る。小弥太も鉄則を守っていた。

「では、屋敷のお外でお帰りをお待ちしまする」

「家で待っていればよいだろうに」

小弥太が付いて来たがる妹に首をかしげた。

「父が……」

絹が苦く頰をゆがめた。

「あいつがどうした」

小弥太も眉《まゆ》をひそめた。

己に負けて以来父信兵衛は、小弥太の前に姿を見せなくなっていた。

「また縁談を押しつけて参るのでございまする」

「……縁談だと」

「はい。ご存じでございましょう、従兄弟の畑康次郎《はたやすじろう》を」

「畑のか。康次郎には兄がいて、すでに家を継いでいるはず。なるほど婿養子だな」

廃嫡すると宣言した信兵衛の手だと、小弥太は気づいた。

「甲賀の女に生まれたのでございまする。いずれ同じ甲賀組のどこかへ嫁ぎ、子を為《な》す覚悟はできておりまするが、修練を嫌って郷入りさえしていない者に、この身を任せる気にはなりませぬ」

嫌そうな顔で絹が震えた。

「あやつでは不足だな。絹を嫁にやるならば、吾よりも強いか同等でなければ認めぬ」

小弥太も不満を口にした。

「……ふむ。主殿頭さまがお約束をお守り下されば、吾は千石の旗本になる。もし、主殿頭さまが裏切ったならば、逃げねばならぬ。どちらにせよ、この組屋敷からは去らねばならぬ。ならば、一緒に来るか」

「はい」

うれしそうに絹がうなずいた。

田沼主殿頭の上屋敷は呉服橋《ごふくばし》御門を入ったところにある。

「凄《すご》い人……」

今日も嘆願に並んでいる客の数の多さに、絹が驚いた。

「これが主殿頭さまの力を表している。天下のすべてを握っている証拠だからな。そして……」

「失わないためならば、なんでもすると」

「ああ」

首肯した小弥太が、すばやく忍装束に着替えた。

「では、行ってくる。もし、一刻（約二時間）経っても戻らなければ、郷へ行け。笹葉韻斎師を頼れ」

小弥太は信用している師の名前を出した。

「お気をつけて」

指示には返答せず、絹が頭を下げた。

「行ってくる」

小弥太は塀《へい》の上へと飛んだ。

「主殿頭さま」

いつものように客がいなくなるのを待って小弥太は声をかけた。

「来たか。降りてこい」

いつもと同じ口調で田沼主殿頭が命じた。

「御免」

小弥太は従った。

「ご苦労であったな。これが約束のものだ」

田沼主殿頭が、しっかりと閉じた書付《かきつけ》を小弥太へ放り投げた。

「中身を拝見しても……」

その場で確認する無礼の許しを小弥太は求めた。

「もうそれはそなたのものだ。好きにせよ」

田沼主殿頭が認めた。

「では……」

小弥太が封を解き、内容へ気を移した瞬間、四方から殺気が溢《あふ》れた。

その場で小弥太が跳んだ。追うように襖《ふすま》、畳《たたみ》から槍が突き出された。

「やはりか」

大きく後ろに下がった小弥太が田沼主殿頭を睨んだ。

「お血筋を手に掛けて、生きておられるはずなどなかろう」

感情の映らない目で、田沼主殿頭が小弥太を見た。

「さすがは執政だ。己が命じたことであろうに」

小弥太は感心した。

「さっさとすませよ。伊賀者。余は忙しい」

小弥太から目を離して、田沼主殿頭が急《せ》かした。

「はっ」

畳が飛び、襖が開かれ、伊賀者が五人湧《わ》いた。

「伊賀者か。己の失策隠しだな。病死ならば、伊賀者の責にあらず。毒殺ならば、伊賀は世子さまを守れなかった責を負わされる」

小弥太が読んだ。

「しゃっ」

「くっ……」

応じず伊賀者が手裏剣を放った。

「当たるか」

素早く小弥太は、屈《かが》んだ。

「吾がなにもしなかったとでも思うか。これでも喰らえ」

小弥太が目の前の畳を手のひらで叩いた。

畳からもうもうと煙が溢れ、小弥太の姿を隠した。

「なっ」

「これは」

田沼主殿頭が驚き、伊賀者が焦った。

「裏切りは許さぬ」

小弥太は田沼主殿頭へ手裏剣を投げた。

「危ない……ぎゃっ」

伊賀者が、身を挺《てい》して田沼主殿頭をかばった。

「ちっ」

小弥太は舌打ちした。すでに煙は書院を満たしている。いかに小弥太でも、この状況で田沼主殿頭を追撃できなかった。

「………」

小弥太は天井裏へ跳び上がり、逃走に入った。

「なにも見えぬ。誰か」

田沼主殿頭が手を叩き、家臣を呼んだ。

「お呼びで……なんだ」

襖を開けた家臣が驚愕《きようがく》したが、お陰で煙が外へ流れ、薄れた。

「追え。なんとしてでも殺せ」

「はっ」

田沼主殿頭が憤怒《ふんぬ》の声を出し、伊賀者が駆けだした。

「わ、わ……」

家臣が腰を抜かした。

待っていた絹のもとに、気配が近づいてきた。

「走っている。それも地上を。目立つことを気にしていないとなれば……」

絹が緊張した。

「失敗だ。主殿頭め、伊賀者を潜ませていた」

「伊賀者を……」

忍の敵は忍である。絹が顔色を変えた。

「戦うには準備がたらぬ」

老中と会うのに、全身針鼠《はりねずみ》のように武装していくわけにはいかなかった。

「この場は逃げるぞ」

「はい。でもどちらに」

絹が問うた。

呉服橋御門を出れば、城下になる。

「城下はまずい。伊賀者は好き放題できるからな。廓内《くるわない》へ入る。伊賀者の管轄《かんかつ》は御広《おひろ》
敷《しき》と西の丸だ。それに至るまでは甲賀の結界になる。伊賀者も遠慮しよう」

甲賀の管轄で、繋《つな》がる者を襲うのは、さすがにまずい。

「わかりましてございまする」

「塀の上を渡る。いけるな」

「お任せを」

兄の言葉に妹は首を縦に振った。

二人は駆けた。

「いたぞ。女を連れている」

「馬鹿が。足手まといを」

追いついた伊賀者が笑った。

「女を狙え」

「わかった」

伊賀者が手裏剣を絹へ投げた。

「あっ」

「気にせず、まっすぐ走れ。手裏剣など五間（約九メートル）離れれば、まず当たらぬ」

足下を掠《かす》めた手裏剣に驚いた絹を小弥太はなだめた。

「は、はい」

応えたが、絹は実戦経験がない。背後から近づいてくる殺気に気がそれたのも無理はなかった。

「きゃっ」

足を滑らせた絹が、屋敷のなかへ落ちた。

「絹」

あわてて小弥太は、絹のもとへ寄った。

「足をくじいたようでございまする。どうぞ、わたくしを捨てて、兄上さまだけでも」

苦痛に顔をゆがめながら、絹が促した。

「そのようなことできるわけなかろうが」

小弥太が絹を背中にかばい、迫った伊賀者と対峙《たいじ》した。

「あきらめろ」

「抵抗しなければ、楽に死なせてやる。女も一緒にな」

塀の上から伊賀者が見下ろした。

「ただでやられてなどやるものか。主殿頭に怨《うら》み晴らすまで」

小弥太が言い返した。

「愚か者が」

伊賀者が忍刀を抜いた。

「なにをしている」

そこへ声がかかった。

「誰だ」

伊賀者が身構えた。

「面体《めんてい》を隠している曲者《くせもの》に誰何《すいか》されるとは思わなかったぞ。余は、この館《やかた》の主《あるじ》、民部《みんぶ》である。そなたらこそ、何者だ」

現れたのは、御三卿一橋家《ひとつばしけ》の主、民部卿治済《はるさだ》であった。

「一橋さま……」

伊賀者が息を呑んだ。

「どういういきさつがあるか知らぬが、吾が屋敷での争闘は許さぬぞ。伊賀者」

一橋治済が伊賀者を叱《しか》りつけた。

「どうして我らのことを」

「忍といえば伊賀であろうが」

正体を見抜かれたことに驚きながら問うた伊賀者へ、単純明快な答えを一橋治済が返した。

「退くぞ」

「しかし……」

「相手が悪い」

命に渋る配下に、頭が告げた。

「民部さま、その者たちは大罪人でございまする。おかばいなさらず、早々に追い出されますよう」

頭はそう言い残して背を向けた。

「行ったか。さて、大罪人だそうだな。そなたたち」

一橋治済が小弥太たちに顔を向けた。

「はっ」

「ご無礼を」

二人が平伏した。

「付いて参れ。話を聞かせてもらうぞ。家基をどうやって殺したのだ」

「それは……」

言われた小弥太が絶句した。

「意外か。今、伊賀者が血相を変えて追う大罪人など、それしかなかろう」

一橋治済が述べた。

「畏《おそ》れ入りまする」

小弥太がもう一度平伏した。

「それに、そなたは主殿頭を怨んでいると申したであろう」

「……そこまでお耳に届きましたとは」

小弥太は目を剝《む》いた。

「どうやら、余に、いや、一橋に運が回ってきたようじゃ」

「…………」

運の意味を悟った小弥太が沈黙した。

「安心いたせ。余はそなたたちを庇護《ひご》してくれる。主殿頭を抑える切り札になるからな。あの成り上がり者も今ごろ、伊賀者から報告されて、苦い顔をしておろうよ」

一橋治済が笑った。

第三話　一橋民部卿治済の章

松平豊之助《まつだいらとよのすけ》は、己《おのれ》の幸福を噛《か》みしめていた。

「そなたを世継ぎとする。今後徳川《とくがわ》豊之助と名乗るがよい」

御三卿一橋《ごさんきょうひとつばし》家当主徳川宗尹《むねただ》が、四男の豊之助に告げた。

「かたじけのうございまする」

豊之助はしっかりとした受け答えをして見せた。

「うむ」

その様子に父宗尹が満足そうな笑みを浮かべた。

「上様にご報告いたそうぞ」

「はい」

腰を上げる父に八歳の豊之助はうなずいた。

江戸城内廓、一橋御門内にある一橋館《やかた》から、九代将軍家重《いえしげ》が起居する本丸まで、二人は駕籠《かご》で移動した。歩いたほうが早いほどだが、これも格であった。

将軍へ目通りを願うならば、いかに一橋家とはいえ、かなり前から家老をつうじてお側御用取次《そばごようとりつぎ》に伝えておかなければならない。今の将軍と宗尹は兄弟で、豊之助とは伯父甥《おじおい》の仲になるとはいえ、まだ元服もしていない無官の子供の目通りには、面倒な手順が要《い》った。

もちろん、手抜かりはなく、すでに目通りの手配はすんでいる。二人は江戸城本丸御休息《ごきゅうそく》の間《ま》まで進んだ。

本来、一門とはいえ、将軍との目通りは黒書院《くろしょいん》、または白書院《しろしょいん》でおこなわれる。だが、生まれつき身体《からだ》の弱かった家重は、五十歳を目の前にして一層《いっそう》体力を失い、よほどのことでない限り、御休息の間から出なくなっていた。

「………………」

将軍家重が宗尹と豊之助を辛《つら》そうな顔で迎えた。

「よくぞ参った、との仰《おお》せでございまする」

幼少のころ、熱病を患《わずら》い言語不明瞭《ふめいりょう》となった家重は言葉を発することができなかった。その言いたいことを唯一理解できる側用人大岡出雲守忠光《おおおかいずものかみただみつ》が、代わって述べた。

「麗《うるわ》しきご尊顔を拝し奉《たてまつ》り……」

兄でも相手は将軍、己は家臣である。一橋宗尹がていねいに挨拶《あいさつ》をした。

「今日はどうしたとお訊《き》きでございまする」

いちいち大岡出雲守が代弁するのは、煩雑《はんざつ》であったがいたしかたないことであった。

「この豊之助を世継ぎといたしましたので、ご報告をと」

問われた宗尹が答えた。

「そうか。めでたきことよの、とお喜びでございまする」

家重の意思だと大岡出雲守が祝意を述べた。

「豊之助、挨拶をせよ」

「この度《たび》、屋形《やかた》の嫡男《ちゃくなん》になりましてございまする。よろしくお導きをいただきますようお願い申しあげまする」

父に促《うなが》された豊之助が手をついて口上を述べた。

「よく家を守れとのご諚《じょう》でございまする」

最後まで大岡出雲守が代理であった。

こうして、豊之助は一橋徳川家の世子と認められた。

「父上」

館に戻った豊之助が、宗尹にもの問いたげな顔をした。

「…………」

一瞬、宗尹が苦い顔をした。

「豊之助、上様が泰平の象徴である」

宗尹が重い声で言った。

「ですが、あのご様子では、とても天下の政《まつりごと》を……」

豊之助は衝撃を受けていた。

将軍へ目通りを願うには、七歳に達していなければならないという慣例があった。もちろん、お召しがあった場合は別であるが、これは幼児の死亡が多いことによった。

将軍家お目通りをすませていると、死亡したときに届け出が要るのだ。となれば検死も出るし、それが終わるまで埋葬もできなかった。夏の暑い時期など、検死を待つほうも大変だが、死体を改めなければならない検死役もたまったものではない。そこで、暗黙の内に、幼児から子供への転換点ともいえる七歳が一つの目安となった。そして、この目安がいつのまにか重要なものとなり、家督《かとく》を継げるのも七歳以上という決まりを生んだ。

末期《まつご》養子が認められた今でも、子供が七歳に達していなければ家督相続は許されない。ために、二歳の幼児を七歳と偽《いつわ》った大名家もあった。

豊之助も、今日、初めて家重を見たのであった。

「これが秩序というものだ」
苦い顔のままで宗尹が続けた。
「乱世ならば、長幼の序は無視される。当たり前だ。食うか食われるかなのだから
な。当主が遣《つか》いものにならなければ、その家は滅びるだけ。兄に代わって優秀な弟が
当主となった例は上杉謙信《うえすぎけんしん》公を始め、いくつでもある」
戦国の越後《えちご》で覇を張っていた長尾《ながお》家は、当初長男の晴景《はるかげ》が当主となったが、国内の
叛乱《はんらん》を押さえきれず、弟の景虎《かげとら》に奪われた。その後上杉謙信と名前を変えた景虎の活
躍は、今でも軍記物などで語り継がれている。
「だが、力を正義とするわけにはいかぬ。力ある者がなにをしても勝つのは、乱世だ
けで終わらせねばならぬ。秩序ある泰平に、力は要らぬ。いや、泰平は力を認めては
ならぬのだ」
「なぜでございましょう。将軍は武家の統領でございまする。他人よりも武張《ぶば》ってい
なければなりますまい」
八歳には難しい説明にも、豊之助はついていった。
「先ほども申したな。力が正義であれば、将軍より強い者が偉いとなる。下克上《げこくじょう》だ
ぞ」

「ああ」

ていねいな説明に豊之助が納得した。

「天下を統一した神君家康公の血筋が将軍を世襲する。この秩序を維持するには、力などというあいまいなものでなく、誰が見てもわかる決まりが要る。文字を知らぬ庶民でさえ理解できるだけのものがな。それが長幼の序である。先に生まれた者が、家を継ぐ。こうしておけば、よけいな争いは起こらぬ。能力など関係ないのだ。足りぬならば補えばいい。そのための執政衆よ。そしてしゃべれなければ、代わりの口を控えさせればいい」

しっかりと宗尹が兄家重を皮肉った。

「では、なぜ、兄上たちが養子に……」

豊之助が訊いた。

「上様の命《めい》じゃ」

「えっ……」

より一層、宗尹が頬《ほお》をゆがめた。

「田安《たやす》、一橋家は御三家とは違う。我らは分家ではなく、お身内衆である。お身内衆とは、吉宗《よしむね》さまによって作られた将軍家を家長としていただく一家のようなものだ。

将軍にお世継ぎなきとき、お身内衆から跡継ぎが出る。御三家に近いが、独立した大名ではない。十万石格を与えられているが、領地は治めず、十万俵を支給され、一家をなすだけの家臣もおらぬ」

「家老などいまおる者たちは……」

豊之助が訊いた。

「あれは旗本じゃ。旗本が上様の命《めい》で、一橋や田安の家政をになっている。いわば、御広敷用人《おひろしきようにん》である」

御広敷用人は、大奥の雑用をこなす御広敷をまとめる。それぞれが大奥にすむ将軍家の子供に付けられ、何々さま御用人と呼ばれていた。

「一橋家家老とは、その成人した血筋に付けられた用人じゃ」

「そうなのでございますか」

聡明とはいえ、いささか難しい例《たと》えであった。だが、父に問い返すわけにもいかず、豊之助は納得した顔をした。

「ゆえに、吾と弟は追い出された。次代の将軍となりえるからの」

「次の代には家治《いえはる》さまがおられまする」

家重には家治と重好《しげよし》という二人の男子がいる。さらに家治は元服し、将軍世子として西の丸にいた。

「ふむ。さすがに八歳ではそこまで気づかぬか」

宗尹が呟《つぶや》いた。

「どういうことでございまするか」

豊之助が首をかしげた。

「今、話してもわかるまい。そなたが元服した日にでも教えてくれるわ。今日はもう下がって休むがよい」

宗尹が、豊之助に手を振った。

「はい」

父の命である。豊之助は不満ながら、席を立った。

「あれも聡明じゃ。いずれ、余《よ》と同じ苦しみを味わうことになろう。哀れな」

一人残った宗尹が、嘆息した。

一橋徳川豊之助は、御三卿一橋家初代宗尹の四男である。母は側室のおゆかの方、宝暦《ほうれき》元年（一七五一）に生まれた。次男仙之助は夭折《ようせつ》していたが、宗尹の正室一条兼《いちじょうかね》香《か》の娘が産んだ長男の他、豊之助と同母になる三男が上にいたため、一橋家を継ぐ望みはまずなかった。

しかし、もっとも血統の正しい長男が越前《えちぜん》松平家の養子として出たあと急逝《きゅうせい》、その跡を継ぐ形で三男も一橋の籍から離れた。

たしかに十万石とはいえ、独立した家でもない一橋家よりも越前松平のほうが禄高《ろくだか》も多く、藩政にもあたれ、当主として力を振るえる。飼い殺しよりましだと思えるが、これは同時に将軍継承の権利を失うということでもあった。

越前松平家は、数奇な家柄である。その初代秀康《ひでやす》は、神君徳川家康の次男でありながら、松平の名字さえ許されなかった。嫡男信康《のぶやす》の死によって、一躍《いちやく》徳川家の跡取りにのし上がるはずだったが、なぜか秀康は家康に嫌われた。

「川魚のようじゃ」

生まれたときの顔を見た家康は、そういって秀康への興味を失った。じつに見事としか言いようのないほど、家康は秀康を無視した。

「いい加減になされよ」

嫡男として育った信康が、家康を叱《しか》るまで、秀康と会うこともなく、元服させることさえ忘れていた。しっかり三男秀忠《ひでただ》には、教育係を付けたりして、父親としての役目を果たしていただけに、秀康への無関心は異常であった。

　それは織田信長《おだのぶなが》の命で、武田勝頼《たけだかつより》と内通した疑いで嫡男信康を自刃《じじん》させた後も変わらなかった。

　やがて世が、信長から豊臣秀吉へと移り、家康がその家臣となって膝《ひざ》を屈したとき、秀康はようやく家康から声を掛けられた。

「大坂へ行け」

　家康は呼び出した秀康を、人質として差し出した。

　道具のように扱われる。そのときだけしか、声を掛けてもらえない。これでまっすぐ育つはずはなく、秀康は粗暴な性格であった。

「これでは……」

　家康への気遣いから人質ではなく養子として迎えた秀吉も、秀康の乱暴さにあきれ果てた。ものを壊すくらいならまだしも、喧嘩《けんか》をふっかけては相手を殺害するなど、とても天下人の養子にしてはいられなかった。

「関東の名門を継がせる」

　表向きだけ美事として、秀吉は秀康を結城《ゆうき》家の養子にして、放り出した。

　こうして松平秀康は結城秀康となった。

　これが後に、徳川家康の跡取りとなる障害になった。

「他姓を継いだ者に家督を譲れぬ」

長幼の序を無視して、家康は次男秀康ではなく、三男秀忠を世継ぎとした。

そして関ヶ原《せきはら》の合戦が終わり、天下は徳川のものになった。これが徳川家の家督を大きく引きあげた。

徳川家康の跡継ぎは征夷大将軍になる。そこから結城秀康は外された。

もし、秀忠が今死んでも、家康には他に男子が山ほどいた。

「他姓を継いだ者は資格がない」

そう明言されてしまったのだ。秀康だけが、その継承から外された。

とはいえ、将軍の息子を他姓のまま放置もできず、結城から松平への復姓は認められたが、将軍継承の権利は末代まで失われた。

越前松平は、将軍の兄を祖としていながら、御三家、御三卿のような一門扱いを受けられない家柄になった。

これが前例になった。別段越前松平でなくとも、他の大名家の養子になっても、御三卿から出れば、二度と将軍継承争いに参加することはできなくなる。

「吾《われ》にはまだ望みがある」

これが徳川の不文律となっていた。

長兄、三兄、二人の不幸が豊之助を一橋に残した。そして、これは豊之助に将軍となる夢をもたらした。

将軍にはすべての人が頭《こうべ》を垂れる。豊之助は、その光景を世継ぎとして何度も見た。世継ぎも、当主ほどではないが、ときどき将軍家へ目通りしなければならない。そのたびに豊之助は、大広間を埋めた大名たちが、平蜘蛛《ひらぐも》のようになって、家重へ畏《おそ》れ入るのを見た。

「あのていどの者でさえ将軍に」

家重に頭を下げるたびに、豊之助は自尊心が傷ついた。

それは体調を崩した家重が大御所《おおごしょ》になり、嫡男家治が十代将軍となっても同じことであった。

家重のように、側用人がいなければ意思の疎通を図ることができないというほどではなかったが、家治もまた覇気のない男であった。

「よきにはからえ」

どのようなことでも、その一言ですませる。家治はなにもしない将軍であった。

「人は人に頭を下げるのではない。人は権威に頭を下げる」

元服し、家治から一文字を賜《たまわ》り、治済《はるさだ》と名乗りを替えた豊之助は、世のなかの真実に気づいた。

「将軍、いや武家の統領とはなんだ」

治済はあたらしい命題に直面した。

明和《めいわ》元年（一七六四）十二月、父宗尹が病に倒れた。その父から治済は病床に呼び出された。

「豊之助、余はまもなくこの世を去る」

荒い息の下から宗尹が告げた。

「なにを仰せになりますか。父上はまだ四十四歳、とても寿命には遠うございまする」

治済が慰めた。

「いいや、己の身体のことは、己がもっともよくわかる」

小さくほほえんで父親は息子の気遣いを否定した。

「父上……」

すでに医者から余命いくばくもないと聞かされている治済は、それ以上気休めを続けることができなかった。

「そなたにはかわいそうなことをした」

宗尹が治済から目をそらし、天井を見あげながら言った。

「一橋にくりつけてしまった」

「…………」

父の発した言葉に治済は絶句した。

「……八代さまの、父の、そなたにとって祖父の怖れを受け継がなかったことを詫《わ》びる」

宗尹が病床で目を閉じた。

「なんのことでございましょう」

治済は首をかしげた。

「一橋がなぜあるか、その意味はわかっているな」

「はい。一橋は、本家に跡継ぎがなかったとき、人を出すためにございまする」

問われた治済は答えた。

「そうだ。田安と一橋はそのために作られた。いわば、神君家康公における御三家と同じである」

宗尹がうなずいた。

「おかしいとは思わぬか。すでに徳川には予備としての御三家がある。なにより、八代将軍となられた吉宗さまは、御三家の一つ紀州《きしゅう》の出である。己が紀州家の出自《しゅつじ》でありながら、なぜ屋上屋を重ねるようなまねをなされたか、そなたはわかるか」

「いいえ」

治済が首を左右に振った。

「将軍を継げるのは、前将軍の子供のなかで一人だ」

「はい」

当然である。かつて室町《むろまち》幕府が弱体化した一つの原因が、将軍に等しい格を持つ公《く》方《ぼう》を設け、関東の支配をゆだねたことである。それを目の当たりにしていた家康は、将軍にすべての権力を集中させた。

「すでに将軍家に万一があったとき、御三家が機能することは確認できた。それも己の身でだ」

宗尹が語った。

八代将軍となり幕府中興の祖と讃《たた》えられている吉宗だが、その出自は悲惨なものだった。紀州徳川家二代当主光貞《みつさだ》が湯殿で背中を流していた女中に戯《たわむ》れかかり、たった一度の行為で生まれたのが、吉宗であった。正式な側室どころか、目通りさえかなわぬ端女《はしため》が産んだ男子など、光貞にとって邪魔者でしかなく、吉宗は認知されることもなく城下の家臣のもとへと預けられた。

紀州家の血筋とさえ認められなかった吉宗の、転機は五代将軍綱吉《つなよし》の登場であった。綱吉は娘鶴姫《つるひめ》を紀州家に嫁がせたかかわりもあり、よく光貞を江戸城に呼んでは話し相手をさせていた。

なんの戯れか、光貞はその江戸参府に吉宗を伴った。歳老いて人恋しくなったのか、家臣同様の生活で満足な学問さえ身につけられていない吾《わ》が子に、天下の城下町江戸を見せてやろうという情けだったのかはわからないが、光貞は吉宗を江戸へ連れていった。

そして綱吉が、光貞の息子に目通りを許した。当然公子でない吉宗は登城する資格もなく、そこに参加はしていなかったが、老中大久保忠朝《ただとも》の機転で、もう一人の息子として紹介され、その場に呼び出された。

将軍に目通りした御三家の男子が、家臣と変わらぬ生活をしているわけにはいかない。ただちに吉宗は別家を許され、越前丹生《にう》に三万石を与えられた。

そこからは怒濤《どとう》のようであった。紀州家を継いだ兄二人がたて続けに死に、吉宗に家督が回ってきた。さらに七代将軍家継《いえつぐ》が八歳という幼さで急逝したことで、ついに至高の座まで転がり込んだ。

吉宗ほど、予備という意味を体現した者はいなかった。

紀州家の予備だった分家から本家、本家から総本家へと、ちぎれた系統を見事に引き継いだ。

「御三家に意味がある。それをわかっていながら、なぜ御三卿を作った」

「…………」

問いかけられた治済は答えられなかった。

「幕府の財政が破綻《はたん》していることは知っているな」

「はい。そのために吉宗さまが、ご尽力されたことも」

祖父でも将軍は主君である。宗尹も治済も吉宗の名前を出すときはさまをつけなければならなかった。

「おかげで幕府の蔵にも余裕ができた。とはいえ、田安と一橋の二家に十万石ずつ、合わせて二十万石を使うなど無茶である」

「…………」

その一橋の当主から無駄遣《むだづか》いと言われる家を受け継ぐことになる。治済は反応できなかった。

「御三家を潰《つぶ》して、あるいは将軍継嗣《けいし》を出す資格を取りあげて、御三卿をというのならわかる。それをせずに御三卿を作った。当然だな。神君家康公が設けられた御三家を潰すことなどできぬ。潰せば、己の根元を否定することになる」

「はい」

今度は素直に首肯《しゅこう》できた。

「家重さまに将軍職を継がせたならば、兄宗武《むねたけ》、そして儂《わし》はどこぞの大名へ養子に押しつけるべきであった。外様で五十万石ほどの大名へな。将軍の息子を押しつけられて断れる家などない。それこそ百万石の加賀《かが》でも、七十七万石の薩摩《さつま》でも思い通りにできたはずだ。だが、それをせず、別家させたのはなぜだ」

「わかりませぬ」

再度の質問にも、治済は答えられなかった。

「怖かったのだ、吉宗さまは。いや、父は」

宗尹が告げた。

「怖かった……」

「そうだ。己の成し遂げたことを受け継いでくれる子孫がなくなる。それを父は怖れた。なにせ、目の前で将軍直系が断絶するのを見たのだからな。それも二度だ」

「綱吉さまから家宣《いえのぶ》さま、家継さまから吉宗さまでございますか」

「そうだ」

確認した治済に、宗尹がうなずいた。

「血の連続が途絶《とだ》えただけではない。政の継承が切られてしまった。それを吉宗さまはなによりも怖れられた」

宗尹が大きく息を吐《は》いた。

「たしかに良法とはまちがえても言えぬ生類憐《しょうるいあわ》れみの令ではあった。が、先の将軍が次代に譲るとき、これだけは続けてくれと願い、家宣公も引き受けられたものが、あっさりとひっくり返された。だけではない。綱吉公のなされたすべての政が否定された。悪法もすばらしき施策もおしなべて捨てられ、残ったのは暗君という評判だけ」

「…………」

治済は黙って聞いた。

「七代将軍家継さまの場合は、いささか事情が違う。御歳《おんとし》四歳の幼き将軍に政策は練れぬ。ただ、新井白石《あらいはくせき》らの言うままであった。その責を家継さまに押しつけるのはどうかと思うが、それも因果じゃ。将軍は天下の状況に責任を持つ。新井白石らの失敗は家継さまが負わねばならぬ。吉宗さまが将軍となったとき、新井白石らは排斥《はいせき》され、その政は否定された。その結果、家継さまには幼くして傀儡《かいらい》であったと評判がついた」

「評判でございますか」

治済は少し驚いていた。

「そうだ。人はいつか死ぬ。そして死んでしまえば、己の評判をどうすることもできぬ。とくに政を担《にな》う者はな。どうしても政には不満がつきものだ。倹約令もそうだ。たしかに無用な贅沢《ぜいたく》を諌《いさ》めるのはよいことだが、やりすぎると商品が売れなくなる。金を遣わないことが美徳になるからな。そうなれば商家が困窮《こんきゅう》する。商家の恨《うら》みが吉宗さまに向かったのも当然だ」

「父上……」

公然と口にした父に、治済は目を剝《む》いた。

「ただそれを防ぐ方法はある。継承だ」

「継承……」

「そうよ。次を継いだ将軍が、同じ政策を維持してくれれば、よいのだ。人というのは過去ではなく現状に不満を持つ。吉宗さまの御世で不満を抱いていた商人たちが、倹約令が破棄されず、続けられたとしたらどう感じる」

「家重さまに不満が向かうと」

尋《たず》ねかけられた治済が答えた。

「そうだ。その結果、今吉宗さまの評判は光のようじゃ」

「たしかに」

治済も同意した。

幕府の財政を立て直した吉宗は、名君として称えられている。

「だが、これもいつ途絶えるかわからぬ。家重さまは子がおられた。だが、家治さまはどうだ。未《いま》だお世継ぎの宣告はない」

十代将軍となった家治は、色欲が薄いのか、大奥にもあまり足を運ばない。そのため、まだ長男竹千代《たけちよ》は三歳でしかなく、世継ぎにはなっていない。もし、家治の子供が西の丸に入ることなく早世すれば、田安か一橋から将軍は出る。

「直系の子孫が将軍を継ぐ限り、政は続く。もちろん、変更はあるが、否定しての変更ではないという形は取る」

かつての政策を貶《おとし》めるまねを直系の子孫がすることはない。もっとも、愛憎が絡む場合は別である。三代将軍家光が、弟を将軍にしようとした父秀忠のやったことを消し去ろうとした例もある。家光は秀忠が建てた天守閣を破壊し、祖父家康が作った天守閣と同じものへと建て直している。

だがこれは特殊なものであり、ほとんどは父の遺《のこ》した政を踏襲していた。

「ゆえにすまぬと詫びる」

もう一度宗尹が頭を動かした。

「父上さま……」

「見果てぬ夢をそなたに遺してしまう。夢は追うものでなければならぬ。神君家康公が願われた天下統一の夢。これも家康公が艱難辛苦《かんなんしんく》に耐え、数十年の長きにわたって命をかけ、一族や家臣を死なせて到達した。わかるか。己の努力が夢に通じるのだ。だが、一橋は違う……」

一気に言いかけた宗尹が息を乱した。

「父上」

あわてて治済が背中をさすった。

「よい。少し疲れただけじゃ」

宗尹が首を左右に振った。

「吾が父八代将軍吉宗さまによって、将軍になれるのは御三卿、それも田安と一橋だけになった。もちろん、御三家から将軍継嗣を出す資格を奪ってはいない。とはいえ、御三卿ができた以上、一歩退かざるを得ぬ」

「清水《しみず》は」

治済が問うた。

清水は九代将軍家重の次男重好がやはり十万石格と館を与えられて創設した将軍家お身内衆であった。

「清水は名前だけじゃ。格が違いすぎる。清水は田安と一橋のまねをして作られた家じゃ。似非《えせ》とは言わぬが、御三家でいう水戸《みと》じゃ。田安と一橋の両方に人がいなければ、初めてその出番が来る」

宗尹が語った。

「わかったか。そなたには将軍となる資格がある。竹千代さまになにかあれば、そなたにその座が回ってくるやも知れぬ」

「わたくしが将軍……」

「鏡を見よ。今のそなたの顔を。夢に取り憑《つ》かれた男の顔をしておる」

「夢に取り憑かれた男」

治済が顔を触った。

「ふううう」

宗尹が大きく息を吐いた。

「これで余の夢は終わった」

「どういう意味でございましょう。父上」

治済が怪訝《けげん》な顔をした。

「下がれ」

問いに答えず、宗尹が手を振った。

「父上」

「……………」

さらに治済が迫ったが、宗尹は目を閉じて反応しなかった。

その二十日後の十二月二十二日、一橋宗尹はこの世を去った。

御三卿の当主に仕事はない。家督相続した治済はあらためて身に染みて知らされた。

「なにもないか……」

なにせ廩米《りんまい》で十万俵を現物支給されるのだ。一橋家にあるのは、知行地の詳細ではなく、蔵の俵在庫表でしかない。

従三位《じゅさんみ》に匹敵する民部卿という高い官位を与えられる将軍の従兄弟《いとこ》が、算盤《そろばん》片手に帳面を付けるはずもない。

また将軍家お身内衆ということで、家臣団はなく、旗本が番方《ばんかた》、役方《やくかた》として派遣されて来ている。一橋家としての臣がいないわけではないが、それもせいぜい治済の話し相手をするくらいである。

「十万石とは偽りだな」

治済は嘆息するしかなかった。

「お屋形さま」

数少ない一橋家の家臣であり、家老職を務める田沼《たぬま》能登守《のとのかみ》意誠《おきのぶ》が声を掛けた。

「なんじゃ能登」

することもなく、煙管《きせる》をもてあそんでいた治済が訊いた。

田沼能登守意誠は、家治の寵臣《ちょうしん》田沼主殿頭《とのものかみ》意次《おきつぐ》の実弟である。八代将軍吉宗の命で宗尹付きの小姓《こしょう》になった田沼意誠は、そのまま新設された一橋家附切《つけきり》となり、三十九歳のおり家老に昇進、能登守に叙された。

附切とは、幕臣の身分ながら異動しないというもので、新設されたばかりの一橋家にとっては譜代に近い家臣であった。

「兄がお目通りをと願っておりまする」

「主殿頭がか」

治済は首をかしげた。

田沼主殿頭意次は、十代将軍家治の寵臣である。八代将軍吉宗が紀州から連れてきた家臣の一人田沼意行《おきゆき》の長男で、父の後を継いだのち、九代将軍家重の小姓として仕えた。

言語不明瞭だった家重の意をよくくみ取り、その身の回りの世話をこなした田沼意次は、気に入りの一人となり、お側御用取次《そばごようとりつぎ》にのぼった。

お側御用取次は、将軍と老中を取り持つ重要な役目である。そこでも才能を発揮した意次は、宝暦八年（一七五八）一万石の大名に出世、家重が隠居してもお側御用取次として残留した。

引き立てを受けた寵臣は、主君の退隠とともに消えるのが決まり。それを破って二代にわたって寵臣を続けられるのは希有である。

田沼主殿頭の権勢は、周囲の注目を集めていた。

「会うのはよいが、なんの用だ」

いかに一橋家とはいえ、将軍の寵臣をないがしろにはできなかった。治済は面会を承知したが、その目的を問うた。

「それは兄がお目通りの上で、申しあげましょう。が、決してお屋形さまに悪い話ではございませぬ」

田沼意誠が告げた。

「そなたが保証するならば」

治済が納得した。なにせ、子供のころから仕えてくれた家臣である。他の小姓や使用人たちは、出世して一橋家から離れていったが、田沼意誠は代が替わっても忠誠を尽くしてくれている。治済にとって田沼意誠は寵臣であった。

「本日はお忙しいところを」

三日後、田沼主殿頭意次が一橋館を訪れた。

「忙しいといえば、主殿頭が優《まさ》ろうに。一橋の当主など、日がな一日煙草《たばこ》を吸うか、下手な俳句をひねるかしかすることがない暇人《ひまじん》じゃ」

決まりきった挨拶に治済は自嘲《じちょう》で応えた。

「これはご無礼をいたしました」

ほほえみながら田沼主殿頭意次が詫びた。

「で、何用じゃ。余としては雑談につきあってもらえれば、無聊《ぶりよう》が慰められるでうれしいことだが、幕閣の要《かなめ》と言われる主殿頭にはまずかろう」

治済が促した。

「お言葉に甘えまして」

田沼主殿頭が一礼して、治済を見た。

「田安は一代で終わりました」

「なにを言い出すか」

ゆっくりと田沼主殿頭の口から出された言葉に、治済は絶句した。

「田安宗武さまは、一人として天下人たるご器量をお持ちのお方を遺されませなんだ」

動じることなく、田沼主殿頭が続けた。

八代将軍吉宗の次男宗武は、五十歳にならずして逝《い》った一橋宗尹と違い、五十七歳まで生きた。そして七男九女という子だくさんであった。

しかし、男子に限ったところで、無事に生きているのは五男治察《はるあき》、六男豊丸《ほおまる》、七男賢丸《まさまる》の三人だけであった。

現在五男治察が屋形を継いで田安家二代当主となっているが、身体が弱く、未だ正室さえ迎えられていなかった。

「武家が弱くては話になりませぬ」

「それには同意するが……」

断言した田沼主殿頭に同意しながら、治済はその真意を探った。

「上様の御嫡男家基《いえもと》さまはご壮健だと聞くぞ」

治済が話を振った。

十代将軍家治に、宝暦十二年（一七六二）嫡男竹千代が生まれた。竹千代は四歳で家基という諱《いみな》をもらい、将軍世継ぎとなった。徳川にとって家康に繋《つな》がる家の文字を諱に使うことは特別である。事実、家康の実子でさえ家の字を許された者はいない。三代将軍家光、四代将軍家綱《いえつな》、六代将軍家宣、七代将軍家継、九代将軍家重、そして家治と歴代の将軍でも、傍系《ぼうけい》から入った者は将軍の養子になってから改名した家宣を除いて家を使っていない。

「ご壮健でございますが……」

じっと田沼主殿頭が治済を見た。

「元服なされる前から、あのお名乗りを与えられる。これがいかなる意味を持つかはおわかりでございましょう」

家基の名乗りが決まった翌年、五歳で家基は元服、従二位権大納言《ごんのだいなごん》へ任官していた。

「……………」

治済は黙った。

「上様は、家基さまを十一代将軍に就けると宣言なされた」

沈黙した治済を無視して、田沼主殿頭が語った。

「当然であろう。ご嫡子《ちゃくし》が継がれるのは、家康公がお定めになった長幼の序にも沿う」

治済が感情の起伏のない声で応じた。

「さようでございまする。これで天下は安寧《あんねい》でございましょう」

白々とした顔で田沼主殿頭が言った。

「そうじゃの。将軍家に直系の世継ぎがおできになる。これほど天下を安定させるものはない」

治済も同意した。まともな治世を考えることさえできなかった家重でも世が揺らがなかったのは、家重が八代将軍吉宗の嫡子であったことで継承に問題がでなかったことと、家重の後をやはり嫡子の家治が継いだおかげで、もめ事が生じなかったことによる。

「血筋の正統性は、施政者としての素質に優る」

呟くように田沼主殿頭が口にした。

「聞かなかったことにする」

表沙汰《おもてざた》になれば、寵愛深いお側御用取次といえども咎《とが》められかねない不穏当な発言である。治済は流した。

「お気遣いかたじけなく」

悪びれた風もなく田沼主殿頭が礼を口にした。

「で、何用じゃ」

さぐり合いも終わりにしようと治済が告げた。すでに、今の遣り取りだけでも、治済の肚《はら》はうかがい知れる。もちろん、田沼主殿頭の思惑も透けて見えた。

「家基さまの周囲におる者をご存じでございましょうか」

「詳《くわ》しくは知らぬ」

尋ねられた治済が首を左右に振った。

将軍世子と公になった家基には、傅育《ふいく》の大名、旗本が付けられた。この傅育役が次代の寵臣となった。

「酒井《さかい》雅楽頭《うたのかみ》忠恭《ただずみ》、酒井備前守忠仰《びぜんのかみただもち》、松平下総守忠刻《しもうさのかみただとき》らがお誕生とともに、ご元服では井伊《いい》掃部頭《かもんのかみ》直幸《なおひで》、松平肥後守《ひごのかみ》容頌《かたのぶ》が介添えをなさいました」

酒井雅楽頭家は大老を輩出する徳川と同根の名門譜代であり、井伊掃部頭は彦根《ひこね》藩主で三十万石を領する譜代最大の藩、松平肥後守は三代将軍家光の弟を祖にする会津《あいづ》松平の当主で一門の扱いを受ける。

「見事だの」

治済も列する大名の名前に、それ以外の言葉はでなかった。

「ところで、家基さまのご生母さまについてはご存じで」

「お知保《ちほ》の方さまであったか」

ただの側室ではない。将軍世子の生母である。治済といえども敬称を付けなければならなかった。

「お知保の方さまは、津田宇右衛門《つだうえもん》の娘で関東郡代伊奈半左衛門《いなはんざえもん》の養女でござる。家重さまの御次《おつぎ》をいたしておりましたものを、わたくしが家治さまの中﨟《ちゅうろう》に」

「主殿頭の引きか」

「さようでございまする」

確かめた治済に田沼主殿頭がうなずいた。

「それにしては……」

「……………」

疑問を口にしかけた治済に、無言で田沼主殿頭が首肯した。

「そなたの名前がない」

「省かれてございまする」

抑えた声で田沼主殿頭が述べた。出生直後の引目役、元服時の加冠役に選ばれることは名誉であり、後々の栄達を保証する。

家基が十一代将軍となったとき、今名前の挙がった者たちが大老、あるいは老中になり、政をおこなうのだ。

しかし、そこに当代の寵臣田沼主殿頭の名前はなかった。

「そのようなことがあるはずはない。そなたは上様のお気に入りであろう」

「大奥が、いえ、御台所《みだいどころ》さまは、わたくしのことがお気に召されないご様子で」

否定しようとした治済に田沼主殿頭が告げた。

「御台所さま……」

家治の御台所は閑院宮直仁《かんいんのみやなおひと》親王の六女倫子《ともこ》である。まだ将軍世子として西の丸にいた家治に十七歳で嫁いだ。夫婦仲はよく、二年後に長女千代姫《ちよひめ》、七年後次女萬寿姫《ますひめ》を産むが、長女は二歳で夭折、萬寿姫も部屋から出られないほど病弱である。

「上臈の広橋《ひろはし》さまが、なにかと」

大奥には多くの女中がいた。吉宗の倹約令でかなり大奥女中は削減された。とはいえ、それでも五百人をこえる女中がいた。その女中たちを束ねるのが大奥上臈年寄であった。

大奥上臈の権威は強い。なにせ、男は将軍一人だけなのだ。何百という女に取り囲まれては、将軍といえども抗《あらが》えない。そして、将軍が男としての欲望をはき出せるのは、大奥だけなのだ。大奥には身を守る番士を連れて行くこともできないだけに、将軍は大奥女中の言うことをきくしかなかった。

「広橋といえば、御台所さまに付いてきた武家伝奏《てんそう》広橋権大納言《ごんのだいなごん》さまの」

「一門でござる」

田沼主殿頭が認めた。

広橋家は、日野《ひの》家の支流で名家の格を誇る公家である。家禄は八百五十石とさほどではないが、大納言まで上ることができた。武家との交流が深く、武家伝奏という朝廷と幕府の仲立ち役を務めることが多かった。

「どうも名門という自負が強いお方で、わたくしのような成り上がりをお嫌いになられまして」

小さく田沼主殿頭が嘆息した。

「お役目柄のこともあろうか」

お側御用取次というのは、老中や若年寄の用件を取り次ぐだけでなく、大奥からの使者の相手もする。

「上様に今夜お見えをいただきたいと……」

御台所あるいは、側室から将軍へ要望を伝えに来るだけでなく、大奥はいろいろな要求を出してくる。なかには新しい御殿の増築や、高価な茶道具の購入などもある。

これらは本来大奥の外交を担う表使《おもてづかい》から、御用部屋へと伝えられ、そこで可否が計られて、認めるか認めないかが決まる。

幕府財政が逼迫《ひっぱく》している今、大奥の望みはまず叶《かな》わない。老中たちは大奥に怯《おび》えながらも拒否をする。そうせざるを得ない。なにせ、金がない。

だが、それをひっくり返す方法が一つだけあった。

将軍の許可であった。

「好きにいたせ」

家治がそう言えば、どのような無理難題でも通る。将軍を頂点とする幕府である。いかに執政衆とはいえ、将軍の決定は覆《くつがえ》せない。いや、覆してはならないのだ。将軍の言葉を執政とはいえ家臣が否定すれば、幕府の権威が傷つく。

これを大奥は狙った。

「通せぬ話が多すぎましてな。とくに京の出である広橋さまは、いろいろと」

格式を維持するには、金がかかる。公家の出身である広橋にしてみれば、ふさわしくない扱いは無体なものであり、その改善を要求するのは当然の行為であった。だからといって、それを認めるわけにはいかない。将軍家治のもとへ話が行けば、許可が出てしまうかも知れない。そこで、田沼主殿頭はお側御用取次という任を利用して、大奥の願いを山ほど握りつぶしてきた。

「女に甘い将軍、尻に敷かれたなどという悪評をお付けするわけには参りませぬ」

田沼主殿頭が断言した。

「それで女どもに嫌われたか」

「はい」

あきれる治済に田沼主殿頭が苦笑した。

「その報いが、家基さまとどうかかわるのだ」

治済が問うた。

「広橋さまが進言で、家基さまが御誕生になられたとき、御台所さまのご養子となりましたのでございまする。おかげでお知保の方さまは、お部屋さまにもなられず……家基さまは、御台所さまのもとでご傅育なされておりまする」

長女を亡くし、次にもうけた次女が蒲柳《ほりゅう》、健康な跡継ぎを産めなかったと消沈している御台所をお慰めするためとして、広橋はお知保の方から家基を取りあげ、倫子のもとへ預けたのである。

「なんと……」

治済は絶句した。

御台所は大奥の主《あるじ》であり、将軍の正妻である。養子とはいえ、家基は御台所の子供である。その傅育にお側御用取次が異を唱えることはできなかった。

「これは聞いた話でございますが……家基さまを手にした広橋は、毎日のように私の名前を出し、奸佞《かんねい》の臣、排除せねばならぬ敵だとお聞かせ申しているようでございまする」

「……」

ついに田沼主殿頭が、広橋への敬称を消した。

物心付いたばかりの子供に、そのような話を聞かせ続ければどうなるか。それくらい治済でもわかる。

「次代はないと」

「さあ」

おぬしの栄華は家治の代で終わるのかと訊いた治済に、田沼主殿頭が首をかしげた。

「人の世は移ろいやすいものでございますれば……ああ、いけませぬな。思わぬ長居をいたしました。御免《ごめん》を」

「えっ」

あっさりと去っていった田沼主殿頭に、治済は絶句した。

「意図は読めたと思うが……はたしてそれが真意かどうか」

一人になった治済は、難しい顔をした。

その後、田沼主殿頭は治済のことを忘れたかのように寄ってこなかった。

とはいえ気になる。治済は、己なりに城中の噂《うわさ》を集め出した。

「男か、でかした」

そんななか治済に初めての子供ができた。

安永《あんえい》二年（一七七三）、側室お富《とみ》の方が嫡男を産んだ。

「豊千代《とよちよ》と名付ける」

治済は喜んだ。

「おめでとうございまする」

田沼意誠も歓喜した。

一橋家付となった田沼意誠にとって、跡継ぎのいない状態は不安であった。もし、一橋家になにかあれば、田沼意誠の未来《さき》も暗いものになる。

一橋家が跡継ぎなしで明屋形《あけやかた》となれば、田沼意誠は旗本へ復帰することになる。それは陪臣《ばいしん》扱いから直臣への復帰であり、めでたいことなのだが、六百石ていどの旗本では、先は知れている。兄田沼主殿頭が権を握っている間はいいが、寵臣というのはいつかその力を失うのが定めである。五代将軍綱吉の柳沢吉保、六代将軍家宣の新井白石、七代将軍家継の間部詮房《まなべあきふさ》らは一代の寵臣であったが、主君の死とともに表舞台から消えていった。

いつ田沼主殿頭がそうならないとは限らない。そのとき、田沼意誠を守ってくれるのは、将軍家お身内衆の一橋家だけである。

また、一橋家に跡継ぎがなく、他から養子を迎えた場合も田沼意誠は滅んだ。先代からの家老など、縁の薄い養子にとって邪魔なだけである。さすがに旗本へ追い返すことはできないが、閑職に左遷し、飼い殺される。

「支えてやってくれ」

親となった治済は、吾が子のことを田沼意誠に頼むしかなかった。

将軍家お身内衆の跡継ぎで、八代将軍吉宗の曾孫《そうそん》にもかかわらず、豊千代には引目役の大名は一人も用意されなかった。

「豊千代は将軍継嗣でいけば、五本の指に入る」

治済は独りごちるように言った。

「……………」

無言で田沼意誠が首肯した。

「将軍世子家基、田安家の豊丸、賢丸、そして豊千代の四人が、吉宗さまの血を引く」

「だけではございませぬ」

治済の挙げた名前に田沼意誠が首を左右に振った。

「他に誰が……」

治済が首をかしげた。

「殿でござる」

「余か」

言われた治済が驚愕《きょうがく》した。

「はい。殿は吉宗さまのお孫さまでございまする」

田沼意誠が告げた。

「それならば田安治察どのもそうだろう」

治済が従兄弟の名前を挙げた。

「田安左近衛権中将《さこんえのごんのちゅうじょう》さまは、とても武家の統領が務まるほどのお身体ではございませぬ」

「…………」

格も同じ御三卿の当主のことである。治済も十分知っている。身体が弱いともわかっていたが、一応名前を出さなければならないと思って口にしただけであった。それに真正面から返答されて、治済はなんともいえない顔をした。

「もし、今、上様と家基さまになにかあれば……」

家基に遅れること二ヵ月、家治の次男が生誕した。だが、わずか三ヵ月で夭折、以降家治に子供はできていなかった。

「口が過ぎる」

治済が押さえた。

「いえ。心得ていただかなくてはなりませぬ」

「むうう」

重ねて言う田沼意誠に、あらためて治済は己の立ち位置を認識した。

「どうぞ、お考えくださいますよう」

「しかしだな」

「いえ、殿」

まだ反論しようとした治済を田沼意誠が遮《さえぎ》った。

「お考え願いたいのは、殿がその座にあられれば、豊千代さまもいずれ将軍に……」

「つっ」

治済は絶句した。

「では、ご無礼をお許しいただきますよう」

固まった治済を残して、田沼意誠が下がった。

将軍になれる家柄だということは、治済も十分わかっていた。だが、それを家基の誕生が追いやっていた。

いや、わざと忘れていた。

将軍は絶対である。なにものも侵《おか》してはならない。将軍を害しようと考えるのはもちろん、交代したいと思うだけでも罪である。

少しでもそう見えるようなまねをすることもまずかった。

「家基はまこと武家の統領にふさわしい」

家治が一人息子を溺愛《できあい》していたからであった。

続けて生まれた次男貞次郎《ていじろう》が、三ヵ月で亡くなったことが、家治に大きな影を落としていた。もちろん正室が産んだ姫二人のこともある。唯一の跡継ぎである家基を掌中《しょうちゅう》の玉の如《ごと》く扱った。

「熱が出ただと。奥医師どもを集めよ。寛永寺《かんえいじ》、増上寺《ぞうじょうじ》に加持祈禱《かじきとう》を命じよ」

家基のちょっとした病でも、家治が大騒ぎした。

他にも家基の様子に家治は一喜一憂した。

「初めて書を書いたのだ。見事であろう」

家基の書き初めを諸大名に披露してみたり、

りした。

「刀に興味を持ったのか。では、これをやろう」

まだまともに太刀を抜くことさえできない子供に、天下の銘刀をいく振りも与えた
「上様は西の丸さまをご寵愛《ちょうあい》である」

当然のことながら、城中では家治の行動は大きな噂になった。

「西の丸さまに、献上を」

家基の機嫌を取るのが、家治に気に入られる早道だと理解した諸大名、旗本が西の丸に集まった。

さすがに一橋、田安、清水の御三卿、尾張《おわり》、紀伊、水戸の御三家などは、その浮かれた状況に参加はしなかったが、それでも西の丸への配慮は見せていた。

「まちがいなく西の丸さまが十一代将軍になられる」

天下の趨勢《すうせい》は家基に傾いていた。

治済も一橋当主として、その流れに乗っていた。乗るしかなかった。将軍家お身内衆とはいえ、家治の一言で潰される。

治済はいつのまにか、将軍継嗣《けいし》たる覇気を失っていた。

その覇気を田沼意誠がふたたび起こした。

「吾が子に家を遺してやりたいがために、おとなしくして飼われるべきだと思っていた。それはまちがいであった。武家ならば上を見るべきだ。いや、見られぬ身分が思いあがるのは身の程知らずだが、余は将軍たる資格を持つ。子供より、ふさわしい」

治済の脳裏に父の姿が浮かんだ。

「すまぬ」

父宗尹の詫びが耳に蘇った。

「これだったのか」

治済は、父がなにを言いたかったか、ようやく理解した。

「天下を余に遺したかったのか」

父宗尹は、三人の子供のなかでもっとも吉宗に似ていた。勉学を好んだ田安宗武と違い、鷹狩《たかが》りを何よりも愛した宗尹は、吉宗と体格も近かった。

そのせいか、吉宗も宗尹をかわいがった。鷹狩りに同行させたり、宗尹が狩った獲物を喜んで食べたりした。

「父の無念はいかばかりであろう」

治済は思いを馳《は》せた。

あのとき、最後まで父が口にしなかった理由を治済は呑《の》みこんでいた。

「余に子供がいなかった」

治済はため息を吐《つ》いた。治済が豊千代を得て父となるには、宗尹の死から九年のときが要った。

「他人の心を思いやれとはいう。だが、実体験をしないかぎりは机上の空論でしかない。それを父はわかっていたのだ。親になるという意味、親が子を思う心。これは子ができぬ限り、わからぬ」

治済は呟いた。

とはいえ、庶民の親子とは随分《ずいぶん》と違う。家治と家基、治済と豊千代の間には、かならず他人が入っている。

二人きりで会うことはまずない。治済が豊千代に添い寝することは絶対にない。もちろん、襁褓《むつき》を替える、あやすなどするはずもなかった。

それでも親子というものの根底にあるものは、同じである。子供のために少しでもよいものをと考えるのは、庶民と治済に差はない。

「上様も同じ」

家治の大げさな家基への愛情も、少し前まで一歩引いて見ていた。が、今はよくわかる。

「豊千代のために……」

治済が決意した。

治済が田沼主殿頭と会ってからの間に色々なことがあった。

田沼嫌いで知られた家治の正室倫子が明和八年（一七七一）八月に死んだ。家基の傅育、次女萬寿姫の看病と毎日気を張っていた倫子は、ふとした疲れから急激に体力を失い、三十四歳の若さで逝去《せいきょ》した。

「室よ……」

妻を失った家治は傷心した。

「あと少し早ければ……」

家治とは違った意味で、田沼主殿頭もほぞを噛んでいた。取りあげられていた家基をお知保の方のもとへ戻し、田沼主殿頭よりの教育を施すことはもうできなかった。すでに家基は八歳で西の丸へ移住しており、生母とはいえ、側室に過ぎないお知保の方では、自在に会うことさえできなかった。

「だが、最大の障害は消えた。今からでもやれることを」

田沼主殿頭が動いた。

西の丸は世継ぎあるいは先代の将軍が住むところである。本丸ほど大規模ではないが、大奥もあった。

もちろん、まだ十歳の家基に女は要らなかったが、それでも大奥へ入り寝る日はあった。これは、女に慣れ、男としての目覚めを促すためであり、添い寝の中臈という役目ももうけられていた。

添い寝の中臈は、閨《ねや》ごとをするわけではないが、家基と同じ夜具に横たわる。将軍と同じように、首を絞める凶器になり得る帯はせず、胸元から股間まで開け拡げの状態で、家基を抱きしめて寝るのだ。当然、豊かな胸乳《むなぢ》を家基に触られるときもある。どころか、家基の手を胸や股間に誘導し、女の身体を教える。

添い寝役の中臈が、将軍世子の初めての相手になることは多い。

「男は、最初の女に弱い」

田沼主殿頭はお知保の方と同様に、家基の寵愛を受けられるような美しい女を西の丸大奥へ入れ、添い寝役に就けさせようとした。

「すでにおりますれば」

あっさりと田沼主殿頭の依頼は、西の丸大奥を仕切る上臈によって拒まれた。いや、さすがに当代の寵臣の推薦を断ることはできず、女は西の丸大奥に入れたが、添い寝役には選ばれなかった。

「主殿頭の引きであがりました女中でございまする」

「余の前に出すな」

生まれたときから、田沼主殿頭の悪口を聞かされてきた家基である。その縁で大奥へ入った女がどれだけ美形であろうが、側に近づけるはずもなかった。

「……………」

さすがの田沼主殿頭も手の打ちようがなかった。

田沼主殿頭も今やお側御用取次から側用人を経て、老中格に出世していた。わずか六百石から二万五千石の大名にまで上った裏には、将軍家治の寵愛がある。表において、田沼主殿頭に異を唱える者はいなくなっていた。しかし、それでも家基への手出しはできなかった。

「そうか、そうか」

なんとか無事に十歳をこえた一人息子を家治は溺愛し、毎朝御座の間へ呼びつけては、その成長ぶりを確かめるのだ。いかに寵臣田沼主殿頭といえども、家基のいる西の丸への手出しはできなかった。

「ご無沙汰《ぶさた》をいたしておりまする」

安永三年（一七七四）、八年ぶりに田沼主殿頭が治済のもとを訪れた。

「久しいの。まずは、祝いを言わせてもらおう。加判に列したとのこと、祝着至極である。とはいえ、二年も前のことで、遅すぎるがな」

館まで来た田沼主殿頭に、治済が述べた。

「畏《おそ》れ入りまする」

田沼主殿頭が受けた。

明和九年（一七七二）一月十五日、田沼主殿頭は老中格から老中へと栄達していた。

「まさに飛ぶ鳥を落とす勢いとは、主殿頭のことであろう」

「とんでもございませぬ。私はただ上様のためにお尽くし申しあげておりますだけで」

治済の称賛に、田沼主殿頭が謙遜《けんそん》を返した。

「忙しい執政どのをくりつけるわけにもいくまい。余になにか用か」

「ご機嫌をうかがいに参っただけで」

促した治済に田沼主殿頭がとぼけた。

「そうか。それはありがたい。では、いささか世間話にでもつきあってもらおうかの」

治済も応じた。

「最近、西のほうからいろいろな話が聞こえてくるの」

西の丸とは明言せずに治済が言った。

「どのようなことでございましょう」

わざとらしく田沼主殿頭が首をかしげた。

「御用部屋に巣くう狢《むじな》を退治してやると、牛若丸《うしわかまる》さまが気炎をあげておられるらしいな」

狢が田沼主殿頭、牛若丸が家基を表すことなど、誰にでもわかる。

「牛若丸さまの後ろについている静御前《しずかごぜん》が愚かなようで」

田沼主殿頭が背後に女がいると苦笑した。

「弁慶《べんけい》どもはどうだ」

「さほどの力はございますまい」

治済が弁慶に模して問うたのは、家基付きの譜代大名たちのことである。それを田沼主殿頭は相手せずともよい小者だと言った。

「なるほどの。で、静御前はどうなるかの」

「女というものは、年々色香が衰えるもの。いずれ牛若丸さまが義経さまになられたとき、本物の静御前をあてがえば……」

今の女はいずれ家基から離し、己の息のかかった女を送りこむと田沼主殿頭が言った。

「しかし、上臈が変わらねば同じであろう」

女中の誰を家基に近づけるかを決めるのは上臈である。

「…………」

苦い顔で田沼主殿頭が黙った。

大奥は表の介入を受け付けない。主人たる御台所を失った本丸大奥ならば、まだ田沼主殿頭を信用する家治がいるだけにどうにかできるが、西の丸大奥は家基と女中すべてが、反田沼で染まっている。

「まあ平清盛《たいらのきよもり》のような愚行はすまい」

常盤《ときわ》御前の美貌に惑い、頼朝《よりとも》兄弟を助命した平清盛を比喩《ひゆ》に使って、治済は田沼主殿頭がこのまま手をこまねいているつもりはないだろうと述べた。

「もちろんでございまする。歴史に学ばぬ者は愚か。政に加わる資格などございませぬ」

将軍交代で没落する未来を黙って見ているつもりはないと、田沼主殿頭が首肯した。

「それならばよいが……そういえば、西に便乗して、もう一人元気な者がいるな」

「田安の賢丸どのでございますか」

治済の言葉に、田沼主殿頭が嫌そうな顔をした。

「なにやら、執政衆を批判されているようだの。吉宗さまの倹約の精神を忘れ、怠惰《たいだ》贅沢に流れるなど論外だと」

「江戸城から出られたこともないお方でございますから、実をご存じないのも無理はございませぬ」

大きく田沼主殿頭が嘆息した。

田安家の七男賢丸は、宝暦八年の生まれで、今年十七歳になった。父田安宗武の血を色濃く引き、聡明で鳴っていた。

また、歳の近い家基とも親しく、よく西の丸を訪れていた。

「若燕《わかつばめ》が二羽、身を寄せ合っているわけだ」

「はい」

「世間知らずは怖いの」

「仰せのとおりで」

田沼主殿頭が小さく首を振った。

「聞けば、家基さまは四歳上となる賢丸さまを兄と呼んでおられるそうで」

家基が賢丸を慕っている証拠でもあった。

「世子さまが兄と」

田沼主殿頭の話に、治済があきれた。

「そういえば、民部卿さまにもお世継ぎさまがおできになられておられました。お祝いが遅れました。おめでとうございまする」

今、思い出したとばかりに、田沼主殿頭が祝いを口にした。

「ああ……」

遅れすぎた祝意を受けながら、治済は違和感を感じていた。なぜ田沼主殿頭が、治済の子供のことに話題を持っていったかわからなかった。

治済に嫡男が生まれたのは安永二年（一七七三）のことだ。すでに豊千代と名付けられた嫡男は二歳になる。

「将軍をお継ぎになるお資格をお持ちのお方が増えることはめでとうございまする。

家基さまに万一あっても、賢丸さま、豊千代さまがおられれば、幕府は安泰。吉宗さまのお血筋が途絶えることはございませぬ」

田沼主殿頭がほほえみながら述べた。

「みょうなことを。田安豊丸を伊予《いよ》松平に養子として出したのは、おぬしであろう」

治済は田沼主殿頭を睨《にら》みつけた。

田安家の六男で賢丸の兄豊丸は、明和五年（一七六八）伊予松山十五万石の嫡子として田安から出されていた。これは治済に兄二人の姿を思い出させていた。

「松山藩の世継ぎが早世いたしましたので、やむなく」

いけしゃあしゃあと田沼主殿頭が答えた。

「他にもおるであろうが。津山《つやま》の松平でも、出雲の松平でも、いや、松平にかぎらずとも養子先を探している大名はいくらでもな」

治済がきつい目つきで、田沼主殿頭を睨みつけた。

「敵は少ないほうがよろしゅうございましょう」

「……敵」

「さようでございまする。御三卿は将軍になれるお家柄でございましょう」

「……なぜだ」

田沼主殿頭が口にした意味を治済は理解していた。一橋から将軍を出すには、田安は邪魔だろうと言っているのだ。

「余に味方するというわけか」

「お味方するなどおこがましい」

小さく田沼主殿頭が笑った。

「なにを考えている」

治済が低い声を出した。

「三代の寵臣は歴史上ないそうでございますな」

田沼主殿頭が九代将軍家重、十代将軍家治、そしてその次の十一代将軍にわたって、権力を手にしたいと言った。

「そのていどとは思えぬぞ」

「まったくの嘘ではございませんが……わたくしも親というものでございまして」

さらなる追及に、田沼主殿頭が語った。

田沼主殿頭には七男二女の子供がいた。次男と三男は早世したが、長男意知《おきとも》は十九歳で大和守《やまとのかみ》に叙任され、将来を嘱されている。

「息子たちをよき家の養子にしてやりたく、娘はよいところへ嫁にいかせたい。親であればそう思って当然でございましょう。そのためには、わたくしが失脚するわけには参りませぬ」

田沼主殿頭が語った。

紀州藩の小身から老中まで駆け上ったとはいえ、田沼主殿頭は名門ではない。主殿頭個人が家治から寵愛されているからの権でしかない。もし、田沼主殿頭が死ぬか、寵愛をうしなえば、その反動が子供たちにいくのは明らかであった。

家を継いだ大和守意知は、減封《げんぽう》の上遠隔地へ転封《てんぽう》、他の男子たちは養子先もなく、実家で飼い殺し、娘たちの嫁入りも難しくなる。

「子によい思いをさせてやりたいと考えるのは、悪いことでございましょうや」

「いいや。それこそ人としての在《あ》りようである」

治済は田沼主殿頭に共感した。

「家基さまから兄と呼ばれる者はよろしくございますまい。あくまでも噂でございまするが……万一あれば兄を世継ぎにと家基さまが上様に願われたと」

「なんだと」

田沼主殿頭の言った内容に、治済は頬をゆがめた。

息子に甘い家治である。それを認めるかも知れなかった。

「さすがに、縁起でもないことを言うなとお聞き届けにはならなかったようでございますが」

老中になった田沼主殿頭は、一日中家治に張り付いているわけにはいかなくなった。又聞きになるのはしかたのないことだが、しっかり手の者を家治の側に置いている。

「面倒だの」

「はい」

田沼主殿頭が同意した。

「どこぞへ押しつけられぬか」

治済は田沼主殿頭へ相談した。

「家格を上げたいと願っている家が一つ」

田沼主殿頭が口を開いた。

「将軍の孫を迎えれば、格は上がるな。どこだ」

「白河《しらかわ》でございまする」

治済の質問に田沼主殿頭が答えた。

「白河か。あそこも松平だが、徳川の親藩ではないな」

久松《ひさまつ》松平と称される白河松平は、家康の子孫を祖としない。家康の異父弟が、松平の姓を与えられたのが始まりで、格は譜代大名でしかなかった。

「久松といえば……」

「さようでございまする。伊予松山の松平と同族でございまする。その松山松平が田安家から豊丸さまをお迎えして、帝鑑《ていかん》の間から溜間《たまりのま》へと格をあげられております る」

帝鑑の間は古来譜代の席、溜間は家臣最高の席とされている。当然溜間が上であった。

「どうやら白河は、同族の松山の出世がうらやましいようでござる」

「ちょうどよかろう」

「お手伝いをいただけましょうか」

「わかっている」

田沼主殿頭の、手を汚せという申し出を治済は受けた。

「お世継ぎさまが兄などと持ちあげては、勘違いする者もでましょう」

治済は、家治と目通りのとき、そう告げた。

「兄などと言っておるが戯れじゃ」

最初は笑っていた家治も度重なれば、疑心暗鬼になる。

「白河松平より、御連枝《ごれんし》さまを世継ぎに賜りたいと」

そこへ田沼主殿頭が話を持ちこんだ。白河松平当主河内守定邦《かわちのかみさだくに》の長男が早世、世継ぎなしは廃絶の危機である。娘に徳川一門から養子をと願い出た。

「田安賢丸を養子にせよ」

家治が命じた。

「田安の家督を譲りますゆえ」

身体の弱い田安治察が、賢丸をなんとか将軍候補として残そうとしたが、一度将軍の口から出てしまった言葉は覆らない。いや、覆してはならないのだ。

「無念である」

こうして田安賢丸は、十一代将軍になる権利を奪われた。

安永八年（一七七九）二月二十四日、数日前から病の床にあった家基が死んだ。

「やったな」

訃報《ふほう》を聞いた治済は、田沼主殿頭の仕業だと直感した。

田安賢丸、あらため松平定信《さだのぶ》を排除するために手を組んだ二人は、その後も交流を続けていた。

「さすがに、主殺しに準ずる世子殺害だ。いかに主殿頭でも事前に報せるはずはないな」

利害で結ばれただけである。利がないと判断すれば、それまでの仲であった。

「ふふふ、これで豊千代が十一代将軍だな」

すでに豊千代も七歳になっている。まだ子供であり、才気の片鱗《へんりん》も見せてはいないが、健康に育っていた。

「だが、決まるまでは油断ができぬ。将軍継嗣として豊千代がもっとも強いが、御三家からもありえる」

吉宗が紀州から入ったのは前例になる。田沼主殿頭がその力を振るえば、予想外の結果もあり得た。

「どうするかの」

家基の死を聞いてから、毎夜治済は田沼主殿頭にどうやって約束を守らせるかの方法を考えていた。

その日も夜の静かなところで思案しようと庭に出た治済の前に、男女二人が逃げこんできた。

「お願いを」

匿《かくま》ってくれと言った面体《めんてい》を隠した男の声に、せっぱ詰まったものを感じた治済は、続けて侵入してきた忍《しのび》姿に告げた。

「余は、この館の主、民部である。そなたらこそ、何者だ」

「…………」

治済の一喝《いっかつ》で、後から来た男たちが消えた。

「付いて参れ。話を聞かせてもらうぞ」

庭の東屋《あずまや》で治済は説明しろと命じた。

「わたくしは甲賀《こうが》望月《もちづき》の嫡男で、主殿頭さまのご依頼で鷹狩りに出た家基さまを……褒賞《ほうしょう》をいただきに参ったところを襲われ、ここまで逃げて参りました。これは妹でございまする」

面体を露《あら》わにした望月小弥太《こやた》が、事情を語った。

「……わかった」

治済は欣喜雀躍《きんきじゃくやく》しそうになった。田沼主殿頭を押さえる材料が、転がり込んできたのだ。

「館におるがいい」

庇護《ひご》を与えると治済は二人に告げた。

生き証人を手にした治済に田沼主殿頭が全面降伏した。

「ただし、治済さまではなく、豊千代さまで願いたく。幼い豊千代さまならば、上様もお疑いになりますまい」

「疑う……」

「どうやら家基さまの死を毒殺だと騒いだ者がおるようで……白河のほうに」

怪訝な顔をした治済に田沼主殿頭が告げた。

「余だと上様が疑うか」

「家基さまがお亡くなりになって、もっとも得をしたお方でございますからな。上様のお目も厳しゅうございましょう」

「わかった。吾が子がお世継ぎになるのだ。父として満足じゃ」

田沼主殿頭の付けた条件を治済は呑んだ。

「一橋豊千代を世継ぎにする」

愛し抜いた一人息子を失った家治はすっかり覇気をなくし、田沼主殿頭の言うままであった。

こうして天明元年（一七八一）閏《うるう》五月十八日、豊千代は一橋館を出て、江戸城西の丸へ移った。

そして一人息子を失った失意のまま家治が死んだ。

将軍の死は新たな将軍の誕生でもある。

元服して家斉《いえなり》と名乗りを変えた豊千代が、将軍となるために西の丸から本丸へと移る日が明日に迫った。

「こうやって親子で会える日も最後かの」

治済が家斉のもとを訪ねていた。

本丸は格別なところである。たとえ親子兄弟であろうとも、自儘《じまま》に入ることは許されていない。

「そのようなことはございませぬ」

十五歳になった家斉が、治済に否定して見せた。

「わたくしはいくつになろうとも、父上さまの子供でございまする」

「そうだの。そなたは吾が自慢の子である」

家斉の言葉に、治済が笑った。

「しかし、そなたはやがて日《ひ》の本《もと》を統《す》べる将軍となる」

「わたくしに務まりましょうか」

不安そうな顔を家斉がした。

「大事ない。そなたは吾が息子であり、幕府中興の祖といわれる吉宗さまの曾孫《そうそん》である。できないはずはない。いや、むしろそなたでなければ務まらぬ」

強く治済が家斉を励《はげ》ました。

「父上さま……」

家斉が目を潤《うる》ませた。

「将軍は強くなければならぬ。何者にも頭を垂れてはならぬ。そなたの肩に天下万民の命がかかっているのだ。そのことを決して忘れるな」

「……はい」

少しうつむいていた家斉が、顔を上げて強く首肯した。

「名君になれ」

「心いたしまする」

家斉が手をついて頭を垂れた。

「ではの。父はいつまでもそなたを見守っておる。そなたは吾が誇りじゃ」

「かたじけのうございまする」

そのままの姿勢で家斉が感謝を口にした。

「将軍宣下、そなたの晴れ姿を楽しみにしておる」

治済が、親子最後の対面を終え、西の丸を後にした。

朝廷から、元服して家斉となった豊千代を征夷大将軍、右近衛大将《うこんえのだいしよう》、源氏長者、淳和奨学両院別当《じゆんなしようがくりよういんべつとう》、右馬寮御監《うめりようごげん》に任ずるとの勅使が江戸へ下向、将軍宣下の儀式がおこなわれた。

「上様のお成り。一同控えい」

儀式を終えたばかりの家斉が、大広間で大名たちを引見する段になった。

上段に座する将軍家斉の右手に席を与えられた治済は、側用人の静謐《せいひつ》の指示を受け、平伏した。

「面《おもて》を上げよ」

家斉の声で顔を上げた治済は、息を呑んだ。

「…………」

巻きあげた御簾《みす》の奥に座る家斉の背に光が見えた。

昨日までの家斉とは、まったくの別人であった。その身体から発する威厳は、実父である治済も押さえつけた。

「馬鹿な……」

吾が子に気圧《けお》された治済が呆然《ぼうぜん》とした。

「……これが将軍の座」

治済は吾が子の変化をそこに求めるしかなかった。

「……忠誠をはげめ」

家斉の言葉が終わった。

「上様、ご退出である。控えよ」

ふたたび一同は平伏した。

「あああああああ」

額を畳《たたみ》に押さえつけながら、治済は声を漏らしていた。

「将軍の座とはここまですさまじいものであったか」

今までの将軍家重、家治は将軍となるべくしてなった。最初から治済はお身内衆という名の家臣でしかなかった。ゆえに、将軍の威圧を当たり前だととらえていた。

しかし、家斉は違った。それこそ、昨日まで治済が守るべき子供であった。その子供が、己を押さえつける力を発揮した。

この衝撃が治済を打ち据《す》えた。

「家斉ではなく、余が就くべきであった。一度でよい、諸大名どもを睥睨《へいげい》してみたい。あのような子供ではなく、余であるべきだ。余は八代将軍の孫ぞ」

治済は血を吐く思いであった。

「至高の座が手の届くところにあったものを……主殿頭の言に惑わされた」

脅《おど》しをかけた治済への田沼主殿頭のしっぺ返しであったと今気づいた。

「おのれ、おのれ」

手のなかから滑り落ちた宝物に治済は悔やんでも悔やみきれなかった。

「余の後でも豊千代はよかったのだ」

親子で将軍位は受け継がれていく。これが決まりであった。

「父の詫びはこのことだったのか。将軍というこの世に一つの宝を一族で奪い合わねばならぬ因果を、余に押しつけた。それを父は……」

かつて父の詫びを治済は将軍にしてやれなかった謝罪だと思っていた。だが、それは違っていた。吾が子が将軍となったとき、治済の脳裏を占めた嫉妬《しっと》と恨《うら》み、吉宗の血を引く者で御三卿の家に残った者だけに襲い来る苦痛を宗尹は詫びていた。

「痴《し》れ者《もの》めが」

「いかがなさいました」

憤怒《ふんぬ》の表情で館へ戻ってきた治済を絹《きぬ》が出迎えた。

美形の絹に治済は手を出していた。

「そなたの兄を呼べ」

「はい」

すぐに絹が小さな笛を取り出して吹いた。

「お呼びで」

天井裏から望月小弥太が応じた。

「余は将軍になるぞ」

「お屋形さま……」

治済の口から出た言葉に小弥太が絶句した。

「家斉が吾が子であったのは、昨日までじゃ。今日からは敵じゃ。余は鬼になる。将軍となるまで鬼にな」

「……………」

絹も声を失っていた。

「余についてくるな」

「……はい。お屋形さまに受けた恩をお返しいたしまする。あのとき、お屋形さまにお助けいただかなければ、わたくしども兄妹《きょうだい》は死んでおりました」

一拍おいて小弥太が承諾した。

「それに……一度将軍お世継ぎを害しました身でございまする。今さら極楽にはいけませぬ」

小弥太が覚悟を口にした。

「よくぞ申した。余が将軍となったとき、望月の家を大名にしてくれるわ」

「かたじけない仰せ」

治済の条件に、小弥太が感謝した。

「その日まで、望月の名を取りあげる。今より、冥府《めいふ》防人《さきもり》と名のれ。そなたは余のために阿修羅《あしゅら》となるのじゃ」

「はっ」

新しい名前を小弥太が受けた。

「家斉、今より親でも子でもない。そなたと余は奪う者、奪われる者となった」

治済が宣した。

第四話　柊衛悟の章

床板の冷たさが、一層《いっそう》の緊張を柊《ひいらぎ》衛悟《えいご》にもたらした。

「…………」

衛悟は木刀を青眼《せいがん》に構え、その切っ先を通して対峙《たいじ》している相手に目を据《す》えた。

相手も同じように木刀の陰に身を隠すようにしながら、衛悟を見ていた。

「始め」

道場主、大久保《おおくぼ》典膳《てんぜん》の声がかかった。

「やああ」

「…………」

衛悟が気合いをあげたのに対し、相手の上田聖《うえだちから》は無言であった。

道場には、師範である大久保典膳、師範代上田聖、そして衛悟の三人しかいない。

もともと弟子の少ない貧乏道場ではあるが、技量昇格の認定である稽古《けいこ》仕合《じあい》は、他聞をはばかる。同門の弟子たちにも見せられない秘伝がそこには含まれるからである。

「えいっ」

もう一度気合いを発した衛悟は、ほんのわずか間合いを詰めた。

「むうう」

立ち会いを務める大久保典膳が小さくうなった。

「おう」

初めて上田聖が気合いを返した。

「とうりゃあ」

少しだけ揺らいだ上田聖の切っ先に、衛悟はつけこんだ。一気に間合いを踏みこえて、切っ先をはねた。

「せい」

あげた切っ先に体重をのせて振り下ろす。涼天覚清流《りょうてんかくしんりゅう》が得意とする上段からの一刀であった。

「ぬん」

それを上田聖が払った。

木刀と木刀が触れあい、甲高《かんだか》い音を立てた。

「なんの」

衛悟は一撃をいなされると読んでいた。続く二の太刀こそ、衛悟の狙いであった。

左から右へと払われた木刀を、その力に逆らわず、円を描くようにして回し、下段へと移した。

「もらったあ」

近い間合いで放たれる下段の太刀は、見にくい。己《おのれ》の腕や得物、腹の肉が邪魔をする。斬り上げた衛悟の一撃は、まっすぐに上田聖の下腹を打ち据えるはずであった。

「つっ」

小さく息を吐《つ》いた上田聖が木刀をそのまま真下に落とした。

「あつっ」

上からしたたかに木刀を叩《たた》かれた衛悟が、手のしびれに呻《うめ》いた。斬り上げと斬り下ろしでは、落とす方が疾《はや》い。

「それまで」

大久保典膳が手をあげた。

「いけると思ったのだが」

「よい工夫ではあったが、いささか間合いが遠かったのではないか。股《また》を割るつもりで踏みこまれていれば、負けていた」

木刀を左手で下げた衛悟と上田聖が、一礼をした。

「衛悟、来い」

大久保典膳が、奥へと入っていった。

「行け。道場の片付けはしておく」

同門の友人でもある上田聖が、促した。

「すまぬ。甘えておく」

詫《わ》びて、衛悟は大久保典膳の後を追った。

「座れ」

奥の小部屋で待っていた大久保典膳が、顎《あご》で指示した。

「はっ」

示された場所に、衛悟は腰を下ろした。

「言わずともわかっておろうが、決まりゆえ申し渡す。皆伝《かいでん》は与えぬ」

「……はい」

負けたのだ。昇格はないだろうと思っていたが、仕合内容次第では考慮されるのが、免許や皆伝である。少しの期待を衛悟は持っていた。それをあらためて師匠から崩されて、衛悟は肩を落とした。

「工夫は悪くない。だが、仕掛ける機が悪い。上田聖の見せた隙《すき》を一考せずに突くようでは、話にならぬ。隙をわざと作る。これも剣術の策である」

「…………」

衛悟は言い返せなかった。

「落ち着きがない。勝ちを焦《あせ》る。その癖が治らぬ限り、そなたに免許はやれぬ」

大久保典膳が続けた。

「なぜ上田聖に儂《わし》が師範代を預けているか、それを考えたことがあるか」

「いいえ」

訊《き》かれた衛悟は首を左右に振った。

「そなたのことじゃ、聖に抜かれた恨《うら》みで頭が一杯だったのだろう」

「恨みなど……」

衛悟は否定した。

「涼天覚清流などという名もなき流派だが、そこで師範代を務めているとなれば、よい婿《むこ》入りの材料になる」

冷たく大久保典膳が述べた。

「それは……」

衛悟は詰《つ》まった。

柊家の厄介叔父《やっかいおじ》である衛悟は、どうにかして養子あるいは婿に出なければならなかった。すでに実家を継いだ兄には嫡男《ちゃくなん》があり、家督《かとく》の予備として残されていた次男の価値はなくなっていた。

武家の次男は悲惨としか言いようがない。

長男が家を継ぎ、嫁を迎え、男子を儲《もう》けるまでは控えとして実家に留められる。三男以下が、捨てるように養子として家を出されるよりはましに見えるが、そのじつは違った。

長男が子供を作るまで待たされることで、養子としての旬を過ぎてしまうのだ。

養子にも旬の時期というのがあった。

跡継ぎとして他家より男子を迎える家としては、家風に馴染《なじ》みやすい柔軟な若い者が便利なのだ。役方《やくかた》、番方《ばんかた》のかかわりなく、代々の役目にはその家柄にしかわからない決まりごとやつきあいがある。算盤《そろばん》でも剣術でも、二十歳《はたち》をこえてから始めるより、六歳から習う方が上達するのは当たり前である。

結果、養子は若いほど有利であった。

もっとも成人してからのほうがよい場合もある。剣術や学問で一定以上の評価を受けていれば、それを目的として養子や婿の口が舞いこむ。

どのような流派であろうが、免許皆伝を持っているだけで番方に仲人口をきいてもらえる。衛悟の願いであった。

「おぬしの境遇は哀れと思う」

大久保典膳の声が柔らかくなった。

「上田聖は、微禄とはいえ黒田《くろだ》の家中だ。しかも役目の小荷駄支配《こにだしはい》と剣術の腕は関係ない。免許皆伝などなくとも困らぬ。それがわかっていながら、そなたではなく上田聖に師範代を任せたのは、心構えの差である。わかったな」

「身に染みましてございまする」

師の言葉は、衛悟の心をえぐった。

「今日は、ここまでとする。帰れ」

「ありがとうございました」

衛悟は平伏した。

すでに道場には誰も居なかった。いつもなら肩を並べて帰る上田聖も、衛悟を気遣《きづか》ってか、姿がなかった。

「ふうう」

一人、道場の木戸を閉めて、衛悟は嘆息した。

「腹が減った」

道場を背にして歩き出した衛悟は、腹を撫《な》でた。

「団子を喰《く》うか」

衛悟は懐《ふところ》に手を入れた。古い着物の端切れで作った財布のなかには、四文銭が二枚だけ入っていた。

厄介者の衛悟に、兄賢悟《けんご》が月に三百文の小遣いをくれていた。二十歳を過ぎた大人に一日十文という少なさであるが、三代無役の後、ようやく評定所書役《ひょうじょうしょかきやく》という与力格を得た二百俵の旗本にとっては、大きな出費である。無駄飯《むだめし》喰らいと自認している衛悟は、それ以上ねだったこともない。とはいえ、剣術の稽古をすると腹が減る。屋台の蕎麦《そば》でさえ喰えない十文で、腹になにかと考えれば、一択になる。

衛悟は両国橋《りょうごくばし》を渡ったところにある団子屋律儀屋《りちぎや》を目指した。店名はもともと別だったらしいが、幕府が四文銭を作ったとき、どこの店も一串五個で五文だった団子を四文銭に合わせて四個へと減らしたのに、律儀屋はそのまま五個で四文銭一枚としたことで、世間から律儀な店だと賞賛され、いつの間にかそう呼ばれるようになった。

一文で一個という細かいことだが、金のない衛悟にしてみれば、一日の小遣いで二串、十個も喰え、さらに二文残る。二日に一度は三串十五個喰えるのだ。多少歩くことなど、衛悟は気にもしていなかった。

「団子を二串頼もう」

店先の床机《しょうぎ》に腰を下ろすなり、衛悟は注文した。

「これはこれは、お控えどのではございませぬか」

奥の床机から声がかかった。

「……………」

声だけでわかる。衛悟は渋い顔をした。控えという名を衛悟が嫌がっていると知りながら、わざと遣うのは一人しか居なかった。

「覚蟬和尚《かくぜんおしよう》」

「いかにも、願人《がんにん》坊主の覚蟬でござる」

歯のない口を大きく開けた老僧がおどけた。

願人坊主とは、所属する寺を持たない非公認の僧侶である。いや、僧侶の姿をした物乞《ものご》いというべきであろう。怪しげな文字を書き付けたお札を配って歩き、一文、二文の喜捨《きしや》を求める。寺の戒律など端《はな》から守らず、酒を飲むくらいならまだしも、妻を持つ者もいた。

「控えというのはおやめいただきたいと、申しあげたはずでござる」

衛悟が苦情を言った。

「武家の次男は控え。これは鎌倉《かまくら》のころからの決まり。拙僧《せっそう》はまちがえた話をしておりませんぞ。お控えどのが、どこぞへ養子に行かれたらやめましょう」

団子を口に放り込みながら、覚蟬が反論した。

「……………」

言い合って勝てる相手ではない。願人坊主は、説教だとして、無知な庶民を口で言いくるめて、金を巻きあげる。衛悟は黙った。

「人は真実を前に沈黙するでございますかの」

老僧が衛悟の態度を楽しんだ。

衛悟は、運ばれてきた団子に集中した。

「どうかなさいましたかの。いつもより、食べられるのが早いようでござるが。なにか心にわだかまるものがあるならば、拙僧が伺《うかが》いますぞ」

覚蟬が、衛悟の醸《かも》し出す雰囲気に首をかしげた。

「ご懸念めさるな。悩める民を救うが、出家の役目。ご喜捨くださるというならば、喜んでお受けしますが、無料で結構」

ただでいいと覚蟬が言った。

「いささか、自信を失っただけでござる」

今日あったことを衛悟は口にした。

「……なるほど。同門の友人に置いていかれたと。結果、婿養子に行くための看板が取れなかった。よきかな、よきかな」

聞いた覚蟬が両手を合わせた。

「なにがよいのでござる」

衛悟が怒った。

「お控えどのが養子先はまだ定まっていないという御仏のご意志でござるよ、これは」

「なにを……」

とってつけたような話に、衛悟はあきれた。

「いや、御仏はもっとご慈悲深いお方じゃ。お控えどのが、免許の試しに受からなかったのは、ご養子となられる先が、番方ではないとのお知らせであろう」

「番方ではない……」

衛悟の脳裏に、美しく育った幼なじみの顔が浮かんだ。

「どうやらお目当ての相手がござるようじゃ」

もう一度口を開けて、覚蟬が笑った。

「なにを言われるか」

からかわれたとわかっていながら、衛悟の怒りは消えていた。

「いやめでたい」

「養子の口さえ来ぬ拙者《せっしゃ》に、なにがめでたいのやら」

手を打って喜んでいる覚蝉に、衛悟はあきれた。

柊家は三代の間、小普請組《こぶしんぐみ》であった。小普請組とはその名のとおり、城の修繕《しゅうぜん》や館の整備など、細かい大工仕事、左官仕事をする旗本、御家人のことである。とはいえ、専門の修業などを積んでいない素人に、普請を任せるわけにはいかず、小普請組は、己の代わりをする職人を雇う費用を分担するのが役目であった。役料が入るどころか、修繕費用を負担させられる。役立たずには、せめて金を出させようという幕府の思惑が垣間見える。そう、小普請は、無駄な人材の捨て場所であった。

当然、一度小普請に入ってしまうと、そうそう抜け出すことはできなかった。なにせ、役立たずの集まりだと考えられているからである。

柊家の先祖がなぜ小普請になったかはわからなくなっているが、なにかの不始末か、上役に嫌われたかの結果には違いない。

じつに三代の間、柊家は小普請にいた。

たかが二百俵の禄米《ろくまい》取りでしかない柊家で、役料が入らなくなるとたちまち生活は逼迫《ひっぱく》する。柊家が借財にまみれるのに、時間はかからなかった。

このままでは、旗本としての株を売り払うしかないとなる寸前、衛悟の兄賢悟が評定所書役に抜擢《ばってき》された。

賢悟は、旗本の子弟が通わされている湯島《ゆしま》の学問所において、三番という成績を収めた。その英才振りが、上役の目に留まったのだ。

「これを足がかりに……」

柊家は未来に希望を持った。

評定所書役は与力格で端役でしかないが、老中や目付《めつけ》、町奉行など幕府を支える要職と触れあう機会が多い。目に留まれば、先の出世もある。

「焦らずともよい。いずれ、そなたに見合う縁組も出てこよう」

賢悟が、免許の取得に失敗したと報告した衛悟を慰めた。

「申しわけもございませぬ」

衛悟は兄の前に手をついた。

「わたくしの伝手《つて》をたぐりましょうか」

兄嫁の幸枝《ゆきえ》が口を挟んだ。

幸枝の実家は御賄頭《おまかないがしら》であった。家禄は百八十俵と少ないが、江戸城の台所に納められる物品を差配するため、余得がすさまじかった。

「頼めるか」

賢悟が幸枝を見た。

「ただ、武家とは限りませぬが……」

幸枝が夫の顔色を窺《うかが》った。

御賄頭のつきあいは、武家ではなく商人になる。御賄頭の機嫌を損ねて、出入りを差し止められるよりはましと、厄介者の一人くらいならば引き受けてくれるところは、いくつかあった。

「義父上《ちちうえ》に、よいところをとお願いしておいてくれ」

「…………」

武家でなくともよいと認めた兄に、衛悟は唖然《あぜん》とした。

「はい。では、明日にでも早速」

幸枝もうなずいた。

兄嫁にしてみれば、夫の弟など邪魔以外の何物でもなかった。気を遣わねばならぬうえ、下手をすれば己が腹を痛めて産んだ子供を押しのけて家督を継ぐかも知れないのだ。さっさと追い出しておくほうが、安心できる。幸枝が話を持ち出したのも、当たり前のことであった。

「下がってよいぞ」

賢悟が衛悟に終わったと告げた。

衛悟の居室は、台所隅の小部屋である。もとは薪《まき》置き場であったのを、片付けて使っていた。板の間で、畳さえない。

「町人になる、か……」

先ほどの兄嫁の言葉が、衛悟の気を重くしていた。

江戸は武家の町である。武家が経済を商人に握られ、その実権を明け渡しても、身分の差は大きかった。

公式の場では、武家と町人は同席さえできない。武家が座敷ならば、町人はよくて縁側、へたすれば地面に直接座ることになる。どれだけ金を持っていようとも、町人は町人であり、刀を腰に帯びられない。

「修行が、無に帰す」

剣術は武士の表芸である。昨今町人の道場通いも増えたが、これは趣味の域を出ない。武家がその本分を守るためにおこなうのとは、違っていた。

「なんのために、今まで辛苦に耐えてきたのだ」

束修《そくしゅう》が安い。それだけの理由で選ばれた大久保道場だったが、その稽古は厳しかった。

新陰流《しんかげりゅう》、一刀流《いっとうりゅう》などのように名を知られているわけでないが、涼天覚清流宗主大久保典膳の腕はかなりのものであった。

「武家のたしなみ、心を練る。剣術の修行はそのようなものではない。戦いの場において、死なずに帰る。命を守るための技、敵を殺す術。それこそ剣術である」

大久保典膳は常に、そう言い、実践させてきた。

「卑怯《ひきょう》未練など、坊主の寝言。どのような手段を執《と》るとも生き残る。儂はそれを教えている」

戦場など遠い過去になった寛政《かんせい》の世に、大久保典膳のやり方は古い。無名なうえに、修行が厳しい。弟子が集まらないのも無理はない。

三日、漬けものだけの膳が続いても気にしない大久保典膳の道場は、まさに物好きの集まりであった。

そのなかで、衛悟は上田聖と並んで竜虎と言われてきた。そこに至るまでに、何度血反吐《ちへど》を吐《は》いたかわからない。

「せめて武名でもあれば……」

算盤や書を衛悟は苦手にしてきた。もちろん、旗本の子弟である。論語は学んでいるし、文字も書ける。ただ、常識以上に追求する気にはならなかった。

なにより、剣は優劣が簡単に、即座に付く。論語の解釈で優劣を決めるには、専門の学者が介入することになる。剣術の仕合のように、誰でも勝敗がわかるというものではなく、学者の考え方一つで結果が変わる。これが、衛悟には納得できなかった。

「勉学こそ必須である。迎合もやむなし」

兄賢悟からは、繰り返し宥《なだ》められたが、それでも衛悟は我慢できなかった。衛悟は素読吟味《そどくぎんみ》を終えると、学問所から離れ、剣術に没頭した。

「守る……か」

衛悟は呟《つぶや》いた。

柊家と境を接する隣家立花《たちばな》家は、今をときめく奥右筆組頭《おくゆうひっくみがしら》であるが、以前には同じく小普請でしかなかった。

石高も同じ二百俵と家格も等しく、両家は親戚のようなつきあいを重ねてきた。生まれ年が近い衛悟と、立花家の一人娘瑞紀《みずき》も兄妹《きようだい》のように育った。

毎日、両家を隔てる垣根の破れをこえて往来し、朝から晩まで一緒に過ごす。ときには、同じ夜具で寝たりもした。

そのころは瑞紀の母がまだ生きており、二人にお菓子をくれたり、遊びを教えてくれたりもした。

「津弥《つや》さまが、お亡くなりになられたときは、吾《わ》がことのように悲しかった」

瑞紀の母津弥は、産後の肥立ちが遠因となり、若くして亡くなっている。そのとき衛悟は、母を亡くした瑞紀を思い、泣いた。

「柿の木から落ちそうになった瑞紀どのを助けたこともあった」

子供のころの瑞紀は、遊び相手が衛悟一人だった影響か、男の子のようであった。木に登ったり、池にはまったり、いろいろやった。

「いつだったか、瑞紀どのに拙者が守ると約束した」

衛悟にとって、それは子供のころの思い出である。だが、重い約束であった。

「そのために剣を学んできた」

だから過酷な修行に耐えられた。だが、それも今日折られた。

「商人になるのもよいか」

いつまでも実家にいられるものではなかった。使用人代わりにこき使われ、妻も娶《めと》れず、台所隅の小部屋で朽ちていく。

行くあてのない次男の宿命とはいえ、想像するだに怖ろしい。

「………」

薄い夜具に寝転がった衛悟は、天井を見つめた。

落ちこんだ衛悟はしばらく道場へ行く気力もなく、自室に籠《こ》もっていた。幸い、兄嫁は厄介者の食事の面倒は見てくれる。

「賄頭の血を引くわたくしが台所を預かっている家で、ひもじい思いをさせるわけには参りませぬ」

幸枝は、衛悟にも十分な食事を与えてくれる。

「代わりに……」

「わかっておりまする」

衛悟は兄嫁の言いたいことを理解していた。

女子供には辛《つら》い仕事が、家事にはある。薪割り、庭木の剪定《せんてい》、屋根の修理などであった。

「屋根の瓦《かわら》がずれているようなので、お願いしまする」

「承知」

その日は、屋根の修繕であった。

江戸は何度も大火に襲われた。その最たるものが、明暦《めいれき》の大火であった。江戸城天守閣を含めて、城下町を灰燼《かいじん》に帰した災害は、多くの教訓を残した。その一つが、屋根は瓦葺《かわらぶ》きにするというものであり、幕府はそれを布告した。となると、旗本の屋敷は瓦葺きでなければならなくなる。

旗本の屋敷地は幕府からの拝領であり、建築は普請奉行が請け負う。そして出来上がった屋敷を旗本は無料で借りている。とはいえ、修理修繕は基本、自前である。専門の大工を雇えば、金がかかる。貧乏な小旗本は、自ら修繕するのが普通であった。

「この間の大風でずれたか」

梯子《はしご》を伝って屋根に上がった衛悟は、すぐに修理箇所《かしょ》を見つけた。

「なんとか、屋根板は無事だ」

屋根板まで割れていると、さすがに素人修理は難しい。ほっとした衛悟は、ずれている瓦を正しい位置へ戻すと、隙間に練った赤土を押しこんだ。

「これでしばらくは持つだろう」

江戸は赤城山《あかぎやま》から吹きおろす風のきつい場所だが、雨はそう多くはない。衛悟は、作業を終えて、一息ついた。

「衛悟さま……」

不意に下から声がした。

「これは瑞紀どの」

上から身を乗り出して、衛悟は隣家の庭を覗《のぞ》いた。

二百俵のお仕着せ屋敷は平屋建てである。軒先まで動けば、思ったよりも近いところに瑞紀がいた。

「なにをなさっておいでございますか」

瑞紀が尋ねた。

「大風で傷んだ屋根を修復しておりまする」

「まあ、御当主さまの弟さまが、そのような職人のまねをなさるなど……」

奥右筆組頭は役料もさることながら、余得の多さで有名であった。十年その座にあれば、孫子の代まで贅沢《ぜいたく》ができるといわれるほど、付け届けが多かった。立花家は、金の苦労から解き放たれて久しい。瑞紀に至っては、物心ついたときから何不自由のない生活を送っていた。

「職人に頼んでいる間に、雨が降れば面倒ごとが増えましょう。転ばぬ先の杖《つえ》でござる」

精一杯の見栄を衛悟は口にした。

「さすがでございまする。先を見すえつつ、足下もしっかり固められる」

瑞紀が賞賛した。

「そこまで褒《ほ》められると……」

衛悟は照れた。

「修繕は終わられましたので」

「終わってござる。ただ、屋根の上から見る景色というのがまたおもしろく、少し楽しんでおりました」

これは事実であった。普段の目の高さをはるかにこえる屋根の上からの景色は、見慣れた町並みを新しいものにしていた。

「まあ、それはうらやましゅうございまする」

瑞紀が、羨望《せんぼう》の眼差《まなざ》しを衛悟に向けた。

「見せて差し上げたいが、いくらなんでも……」

衛悟は首を左右に振った。

旗本の娘は、箱入りでなければならなかった。屋敷の外に出るのも、墓参や習い事のときだけ、それもかならず家士と女中が付く。一人で外出などしたこともない娘が、鳶職《とびしょく》よろしく屋根にあがるなど、論外であった。

「衛悟さま……」

下から瑞紀が強請《ねだ》るような目で衛悟を見あげた。

「……しかし」

衛悟は困惑した。

生まれてからずっと一緒に育ってきたのだ。たしかに、立花の家が立身するに連れて、そして瑞紀が女に変わっていくに応じて、一緒にいることは減ったが、それでも交流は続いている。衛悟は瑞紀に弱かった。

「今回だけでござるぞ。でなければ、拙者が併右衛門《へいえもん》どのに叱《しか》られる」

「はい」

不承不承うなずいた衛悟に、瑞紀が華やかに笑った。

庭を伝って柊家に来た瑞紀に手を貸して、衛悟は屋根の上へ引きあげた。

「いかがでござる」

「……こういう風に見えるのですね。まるで違う町のよう」

瑞紀が感慨にふけった。

「お城があんなに近い」

麻布《あざぶ》箪笥《たんす》町《まち》からお城は近い。間に黒田藩の屋敷などがあるとはいえ、地面から建物や塀《へい》に遮《さえぎ》られて見るのとは違う。瑞紀が興奮していた。

「立ちあがられてはいけませぬぞ」

前のめりになりそうな瑞紀を衛悟が制した。

「落ちそうになったら、また助けてくださいましょう」

なんの不安もない眼差しを向けられて、衛悟は息を呑《の》んだ。

「……そろそろ降りられたほうが」

小半刻（約三十分）も経たず衛悟は、瑞紀をうながした。

「もう少し見ていたいと思いまするが、ご迷惑になりましょう」

素直に瑞紀がうなずいた。

久しぶりに瑞紀と触れあった衛悟は、なかなか寝付けなかった。

「ふさわしい男か……」

衛悟は独りごちた。

瑞紀は立花家の一人娘である。家を継ぐために、婿養子を迎えなければならない。噂《うわさ》でしかないが、すでにいろいろなところから話が来ているという。

「奥右筆組頭の家柄ならば、千石の旗本から婿を迎えることもできよう」

幕府の書付《かきつけ》すべてを扱い、その花押なきは老中奉書といえども効力を発揮しない。それだけの力を奥右筆は持っていた。

大名の家督相続、婚姻《こんいん》、隠居願いなども奥右筆を経由しなければならないのだ。そして奥右筆には、どの書付から処理するかの権限が与えられている。つまり、奥右筆に嫌われれば、いつまでも届け出は処理されず、ずっと放置される羽目になる。

老中でさえ気を遣うのが、奥右筆であった。

その組頭ともなれば、どれほどの力があるかは、言うまでもない。余得のおこぼれに与かろうとする者は多い。

「釣り合わぬな」

衛悟は小さくあきらめの言葉を口にした。

子供のころなれば、純粋に信じられたものが、大人になれば幻影でしかなかったと知る。これも成長であった。

「未練ぞ、衛悟」

思いきろうと衛悟は目を閉じた。

翌日から、衛悟はふたたび道場へ通った。

「……ふん」

その衛悟を見た大久保典膳が鼻を鳴らした。

「聖、ちょっと参れ。衛悟、そなたが見ておけ」

大久保典膳は、弟弟子たちの面倒を衛悟に命じて、上田聖を道場の上座へと呼びつけた。

「どうだ」

「吹っ切れたように見えまするが……」

師がなにを言いたいのか察した師範代が答えた。

「吹っ切れた……たしかにな。だが、儂にはそれだけではないように思える」

「…………」

懸念を口にした大久保典膳の目に従って、上田聖も衛悟を見た。

「そう仰《おお》せられれば、そのようにも」

上田聖も同意した。

「あれはあきらめよ」

「あきらめでございますか。それは剣術に見切りを付けたと」

「それならば、ここへは来まい」

問うた上田聖に、大久保典膳が首を横に振った。

「なにをあきらめたかが問題よな」

「はい」

二人が顔を見合わせた。

「人が生きていくうえでは、いくつもあきらめねばならぬことがある。剣術の腕もそうだ。どうしても天性を持つ者にはかなわぬ。金もそうだ。稼げぬ者には稼げぬからな。場合によっては生きていくことさえあきらめねばならぬ。それが世間というものだ」

「…………」

無言で上田聖が訊いた。

「あきらめたことで道が開くこともままある」

「そうなのでございましょうか」

わからぬと上田聖が首をかしげた。

「簡単なことだ。行き止まりの道に入りこんだとき、まっすぐ進むのをあきらめて、戻れば脱せられようが。あれと同じよ。一つにこだわっていると、周りが見えなくなる。少し落ち着くだけで、妙手が見えてくることもあるからな」

「なるほど」

上田聖が感心した。

「ゆえに儂はあきらめを推奨はせぬが、否定もせぬ。剣術にいつまでもすがりついているよりは、他に生活の手立てを見つけるのも一つの生き方じゃ」

「衛悟がでございますか。あやつの剣には才がないと」

上田聖が真剣な表情になった。

「才だけならば、ある。もっとも儂やおぬしにはいささか及ばぬが、江戸中で道場を開いている剣客のほとんどを凌駕《りょうが》するだけのものがな」

「むうう」

難しい返答に、上田聖がうなった。

「あやつが金のある浪人だとか、裕福な旗本の次男だというならば、剣の道を突き詰めさせてもよい。あと五年、いや、三年修行すれば、道場を開くくらいまではいくだろう。だが、あやつは貧乏旗本の次男だ。とてもそれだけの余裕はない。己の食《く》い扶《ぶ》持《ち》をどうにかせねばならぬのだ。それも近々にだ。その焦りが、余裕をなくし、袋小路から抜け出せなくなっている」

「…………」

無言で師の言葉を上田聖が肯定した。

「珍しいことではないがな。儂も修行時代に何人も見てきたわ。才はありながら、焦りや諦観《ていかん》に囚《とら》われて潰《つぶ》れていった者を。そやつらと同じ目を衛悟がしておる」

「それは……」

衛悟とは親友といえる仲である上田聖が不安げな顔をした。

「潰しはせぬ。いや、潰れさせはせぬ。それが師の役割じゃ」

「お願いいたしまする」

上田聖が頭を下げた。

「もちろん、そなたも手を貸せ」

「はい。で、なにをすれば」

大久保典膳の言葉に上田聖が訊いた。

「馬鹿なことを考えておられぬほど、鍛《きた》え抜く。人は命の危険を感じたとき、より生きようとする」

「……まさか」

上田聖がふたたび顔色をなくした。

「千がかりをする」

大久保典膳が宣言した。

「今からでございますか」

「手遅れになる前に、やらねばならぬ。あの目の色になった者は、いつ剣をあきらめるかわからぬ。ただ惰性で通っているだけなのだ。少しでも背を押す者か、言葉があれば、明日にでも衛悟は道場を、剣をやめる」

真剣な表情で大久保典膳が告げた。

「……わかりましてございまする」

一礼して、上田聖は道場の中央に踏み出した。

「稽古をやめよ」

上田聖が大声を出した。

「…………」

十名にたらぬ弟子たちが、袋竹刀《ふくろしない》を下げた。

涼天覚清流は木刀ではなく袋竹刀を使っていた。木刀は型だけである。仕合は袋竹刀を使う。木刀での仕合は、受け損ねたときの怪我《けが》が酷《ひど》くなる。そのため、怪我をしないようにと、踏みこみが甘くなる。それを防ぐために当たっても痛いていどですむ袋竹刀で稽古をした。

「今より、千がかりをおこなう。一同、壁際《かべぎわ》へ」

「千がかりだと……」

「本気なのか」

弟子たちが口々に驚愕《きょうがく》を表した。

「急げ」

「はっ」

上田聖に急《せ》かされて、弟子たちが壁際へと退いた。

「木村《きむら》、計数をいたせ」

「承知いたしましてございまする」

大久保典膳が、上田聖、衛悟に続く第三席の弟子に命じた。

千がかりは一人の弟子が、師範と師範代の二人に千度かかっていく稽古である。普通の道場ならば、格下の弟子も含めてのかかり稽古になるが、大久保道場は違った。

「腕が劣る者相手では、余裕が出る。余裕が出るようならば、稽古にならぬ」

大久保典膳の考えであった。

「大声で報《しら》せよ」

「はっ」

指示に木村がうなずいた。

「衛悟、前に出よ」

大久保典膳が衛悟を指名した。

「柊どのだ」

「ほうう」

己が呼ばれなかったことに弟子たちが安堵《あんど》した。

大久保道場は無名ながら、荒稽古で知られていた。そこに通い続けている連中でさえ嫌がるほど、千がかりは厳しいものであった。

「はっ」

師匠に指名されれば、弟子は避けることはできなかった。衛悟は立ちあがった。

「聖、やれ」

「参りまする」

最初の相手役は上田聖であった。

「千がかり、始めっ」

大久保典膳が手をあげた。

「おう」

「やああ」

衛悟と上田聖が気合いをあげあった。

千がかりとはいえ、集中していない動きには遠慮ない叱咤《しった》が飛ぶ。もちろん、そのぶんは数に含まれない。二人の緊張は仕合のそれであった。

千回の素振りは容易《たやす》い。

剣術を始めて半年もすれば、子供でもそれくらいはしてのける。少し剣術に熱中している者なら、毎朝それくらい振ってから道場へ出てくる。

だが、仕合となれば話は違った。

相手があり、決められた型を繰り返すだけでは、すまないのだ。相手がどうくるか、それをどう受けるか、そのうえで、どう打ち返すかなどを考えてうごかなければならないのだ。それが毎回違う。しかも、相手は格上、まずまちがいなく打ち据えられる。

下手に打たれれば、傷を負い、動きが鈍る。となれば、また負ける。悪循環に陥《おちい》ってしまう。

千がかりは、負けないことがなによりも肝要であった。

「しゃあ」

「えいっ」

とはいえ、稽古では格下から仕掛けるのが礼儀であった。

衛悟は踏み出した。

百で上田聖と大久保典膳が交代した。

「来いっ」

「お願いをいたしまする」

衛悟は休む間も与えられなかった。

「腰が入っていない」

いきなり構えへの指導が飛んだ。

「はい」

あわてて衛悟は姿勢を正した。

「隙じゃ」

そこを大久保典膳が突いた。

「ぐうっ」

したたかに右肩を打たれた衛悟が呻いた。

「百一」

木村の声が道場に響いた。

「なにをしている。さっさと構えぬか」

大久保典膳が叱りつけた。

「申しわけございませぬ」

あわてて衛悟は、集中した。

「気合いを入れぬか。まだ、始まったばかりぞ」

大久保典膳は容赦《ようしゃ》がなかった。

百、二百、三百と進むにつれて、見学している弟子たちが静まりかえった。

「九百九十八」

木村の声もかすれた。

「あと二本じゃ。死力を振り絞れ」

大久保典膳が激励した。

すでに衛悟は答えるだけの気力がなくなっていた。それでも袋竹刀だけは持ちあげた。

「…………」

「遅い」

袋竹刀が強くはたかれ、衛悟の手から落ちた。

「九百九十九」

「最後の一本じゃ。儂に一矢報いようとは思わぬのか。そなたはあきらめるというか。勝てぬ相手には、尻尾《しっぽ》を巻いてやり過ごそうと考えているのか。それでは、なにものも守れぬぞ」

「守る……」

よろよろと袋竹刀を拾いにいった衛悟が、反応した。

「負けたままで終わるか、衛悟」

上田聖も声をかけた。

「負けるのはしかたない。それが腕の差である。ただ、次に繋《つな》がる負けかたをするかどうかで、そなたの未来が決まる」

大久保典膳が諭《さと》した。

「最後である。来い」

「………………」

もう、声を発する余力もない。それでも衛悟は袋竹刀を構えた。

「おおっ」

「すさまじいな」

弟子たちが感心した。

「………………」

ゆっくりと震えながら、衛悟は袋竹刀を天にあげた。

「真向《まっこう》上段か。おもしろい」

大久保典膳が笑った。

上段は涼天覚清流の基本である。澄んだ青空のごとく、一点の曇りもなき心で、ただ一撃にすべてをこめることを旨《むね》とする。防御も二の太刀も考えない。勝っても負けてもまさに必殺の技であった。

「参れ」

構えた衛悟を、大久保典膳が促した。

「……りゃあああ」

肺のなかの空気をすべて吐き出して、衛悟は気合いをあげて、突っこんだ。

「ほう」

大久保典膳が、少しだけ目を大きくした。

「だが、甘いな」

裂帛《れっぱく》の勢いで振り落とした衛悟の一撃を大久保典膳は半歩左に動いてかわしつつ、袋竹刀で衛悟の腹を打った。

「……斬った」

疲労困憊《こんぱい》しながらも目を離していなかった上田聖が絶句した。

「……えっ」

必死の一撃を打ち出したまま体勢を崩した衛悟も、目を剝《む》いた。

「ふん。帰るだけの体力は残してやらねばなるまいが」

大久保典膳が述べた。

「木村」

「……せ、千」

数はどうしたと言われた木村が、あわてて声を張りあげた。

「これまで」

それを受けて、大久保典膳が千がかりの終了を宣した。

「……あ、ありがとうございました」

かろうじて立っていられた衛悟は礼を述べた。

「……終わった」

「あ、ああ」

弟子たちもようやく固まっていた状況から解き放たれた。

「これが真の千がかり……拙者が今までしてきたのは、ただのかかり稽古でしかなかった」

木村も唖然としていた。

「衛悟、水を浴びに行こう」

「あ……あ」

上田聖が、衛悟を誘った。

「肩を貸してやる」

「すまぬ」

貧乏旗本の次男は稽古着など端から持っていない。小袖《こそで》を脱いで襦袢《じゅばん》一つになるのが常である。千がかりをしたあとの襦袢は、手で絞ることができるほど濡れていた。

さすがにこのまま小袖を羽織《はお》ることはできなかった。道場の裏手にある井戸で、ふんどし一つになって衛悟は水を浴び続けた。

「使え。拙者は二つ持っている」

懐から出した手ぬぐいを上田聖が差し出した。

「すまぬ」

もちろん衛悟も手ぬぐいくらいは持っているが、小袖と一緒に道場へ置いてきていた。

「どうだ」

一緒に身体《からだ》を拭《ふ》きながら、上田聖が問うた。

「……わからぬ」

衛悟は首を左右に振った。

「無心にはなれなんだか」

「やっている最中は、なにも思わなかったが……終わるとだめだ。ああ、やはり師とおぬしには勝てぬと思い知った」

「………」

上田聖が絶句した。

千がかりは一人で二人を相手する。当然、疲れは倍以上になるし、集中力も途切《とぎ》れる。それこそ、普段ならば決してもらわぬ頭や首への一撃や、胴をまともに薙《な》がれるときもある。

「それは同じだぞ。今日、おぬしと五百打ち合ったが、百は負けたはずだ」

上田聖が述べた。

「拙者が千がかりをしたときは、全敗だったぞ」

師範代の上田聖の千がかりは、当然すべて大久保典膳とのものになる。

「全敗か、それはきついな」

衛悟の表情が少し緩んだ。

「師は化けものだ」

「ああ。どうやっても追いつける気がせぬ」

上田聖の言葉に、衛悟も同意した。

「差はどこにあると思う」

「天賦《てんぷ》の才と経験だろうなあ」

その二つしか、衛悟には思い浮かばなかった。

「……衛悟」

上田聖が声をひそめた。

「なんだ」

衛悟も合わせて小さな声で応じた。

「師は人を斬っているな」

「……おそらく」

「命の遣《や》り取《と》りを経験しているのは、大きいな」

「かなわぬな」

「この泰平の世で、真剣勝負はまずできぬ」

上田聖が嘆息した。

「とくに、おぬしも吾《われ》もな。おぬしは黒田の家中だし、吾は旗本の次男だ。真剣勝負などやってみよ。家はまちがいなく潰れる」

「だな」

衛悟の話を上田聖も認めた。

「師には勝てぬ」

「まったく」

二人は苦笑した。

律儀屋に寄っていかないかという上田聖の気遣いを衛悟は断った。落ち着いたとはいえ、まだ胃が締め付けられており、とても団子を食う気分ではなかった。

「おや、今日はお寄りになりませんので」

両国橋を渡らず、広小路を横切っていた衛悟に、声がかかった。

「覚蟬どのか」

衛悟は足を止めた。

「律儀屋へお見えでは」

ほぼ毎日律儀屋へ通っている二人である。なぜか、店にいる頃合いも近い。広小路で出会ったことも何度かあり、そういうときは雑談をしながら二人で律儀屋へ向かうのが常であった。

「今日は遠慮しようかと」

衛悟は首を左右に振った。

「おや珍しい。剣術のお稽古をすまされたのでは」

「稽古はいたして参りましたが、いささか厳しく、疲れましたので」

覚蟬の問いに、衛悟は理由を話した。

「なるほど。なるほど。では、壁をこえられましたかの」

「えっ……」

言われて衛悟は驚いた。

「いや、昨今、いささかお控えどのの背中に黒い陰がございましたが、今日はみごとに晴れておられるのでな」

覚蟬が真顔で告げた。

「そのようなものが……」

「坊主などというものをしておりますとな、ときどき見えるのでございますよ」

息を吞んでいる衛悟に、覚蟬が語った。

「お疲れでござろうな。では、また今度、律儀屋で」

そう言って覚蟬が背を向け、離れていった。

「…………」

両国橋には番所があった。番所とはいえ、詰めているのは町方役人ではなく、橋銭を取る番人が詰めていた。

大川にかかる橋は、有料であった。一人二文を行きと帰りに払う。往復すれば四文になる。ただし、武士と僧侶、神官は無料であった。

「ふむう」

番所を素通りしながら、覚蟬が首をかしげた。

「お控えどのの面体に剣難の相が出ておったな。さらに愚僧との相性に変化が出だしている。どういうことだ」

覚蟬が額にしわを寄せた。

広小路から麻布箪笥町までは距離がある。千がかりで疲れ果て、足取りの重くなった衛悟が屋敷に帰り着く直前に、日が暮れた。

「疲れた……」

屋敷の門前で衛悟は大きくため息を吐いた。

「柊の衛悟か」

ふたたび衛悟は呼び止められた。

「どなた……立花さま」

柊家の門前の辻《つじ》に、供を連れた隣家の主《あるじ》奥右筆組頭立花併右衛門が立っていた。

「お役目のお帰りでございますか」

衛悟はだれていた姿勢をあわててただした。

「ああ。そなたは日が暮れてからなにをしている」

併右衛門が咎《とが》めるような口調で問うた。

「道場からの戻りでございました」

旗本には門限があった。門限は夜中とされているが、無為徒食の部屋住みは、日が暮れる前に屋敷に戻っていなければ、厳しい非難を受ける。これは城が夜襲を受けたときに、陣触れ太鼓一つで旗本、御家人が出撃できるようにとの決まりであった。

もっとも、泰平になって百年をこえれば、そのような決まりは風化し、門限などはあってないようなものとなっていたが、厳密にいけば、衛悟は咎められても文句はいえない。衛悟があわてて言いわけをしたのも当たり前であった。

「道場……ずいぶん遅いの」

まだ併右衛門の疑いは晴れていなかった。

「夜遊びなどを覚えたのではあるまいな」

子供のころから衛悟のことを知っている。併右衛門は衛悟を睨《にら》んだ。

「稽古が長引きまして……」

衛悟は千がかりの話をした。

「ほう……」

併右衛門が驚いた。

「そういえば、衛悟は剣術を好んでいたの。どうだ、もう皆伝くらいはもらったか」

声をやわらかくして併右衛門が問うた。

「非才ゆえ、まだ皆伝までは……」

「そうか。ところで、衛悟は養子に行かぬのか」

併右衛門が話を変えた。

「そちらもあいにく」

衛悟はうつむいた。

「立派な男が、いつまでも実家におるものではない」

「心がけてはおりますが……不調法《ぶちようほう》で」

論すような併右衛門に、衛悟は反発を覚えながらも下手に出た。

「もし、どこかよい口がございましたら、お世話をお願いいたしたく」

奥右筆組頭の顔は広い。大名から旗本まで奥右筆組頭の顔色を窺う。奥右筆組頭の力を欲する者にとって、その縁をつなぐためならば、一族の娘を差し出すくらいのことはする。

併右衛門が婿養子の口はないかというだけで、十や二十は簡単に集まる。

「そなた学問はどうじゃ。兄の賢悟は、学問所で名を馳《は》せた。それがあったゆえ、役目への斡旋《あっせん》も楽にできたが」

併右衛門が問うた。

兄賢悟が三代の無役から抜けだした裏には、併右衛門の後押しもあった。

小普請は、無役の集まりというだけではなく、落ち度のあった旗本、御家人をまとめるといった意味合いが強い。

罰則代わりにされ、懲罰小普請と言われるだけに、そうそう救済はされなかった。柊家に親戚などの引きや、上役を黙らせるだけの金があれば、一代の内に這《は》い上《あ》がっている。しかし三代の小普請ともなれば、もう這い上がる術《すべ》はないに等しい。

それが、小普請から抜け出せた。それには、相当力のある引きが要った。

「立花さまのお陰でございましたか。ありがとうございまする」

初めて知った事実に、衛悟は礼を述べた。

「いや、隣家のことじゃ。それくらいはの。家格からいけば、もう少しよい役目にしてやりたかったのだがな。それには、いささか挨拶《あいさつ》をせねばならぬところもある。となれば、手ぶらというわけにもいかぬでな」

「……はあ」

金がないから、評定所書役にしかなれなかったのだと暗に言われた衛悟は、どう応じて良いのかわからなかった。

「で、どうなのだ。兄が三番であったのだ、そなたも十番くらいにはなっておるか」

「いいえ。わたくしは素読吟味までで」

幕臣の子弟は、すべて学問所で素読吟味を受け、通らなければ家督を継ぐことが許されなかった。当然、養子に行きたいと考えている者も、そこまではすませておかなければならなかった。

「……字はどうじゃ」

「書けるというていどでございまする」

さらに訊かれた衛悟は、首を左右に振った。

「いかんな。文字がうまければ、それだけで役目に就ける。事実儂がそうじゃ。儂の手蹟《しゆせき》は、ご老中さまのお褒めをいただくほどである。おかげで小普請から抜けだし、今では奥右筆の組頭まで上った」

「存じております」

この話は、この麻布箪笥町で有名であった。小普請で腐っていた小旗本が、字がうまかったおかげで累進し、役人のなかでも余得が多いと有名な奥右筆組頭になった。

石高も二百俵から、五百石へと累進している。まさに、小普請旗本のなかで、併右衛門は立志伝中の人物であった。

「今からでも遅くない。書を学べ」

併右衛門が指導した。

「剣術ばかりしておるから、そんなことになるのだ。戦《いくさ》がなくなって何年になると思うのだ。戦場を経験した者ももうおらぬ。よしんば、どこかで戦いがあったとしてもだ、今は剣術ではなく鉄炮《てっぽう》が主役である。剣などなんの役にも立たぬ」

きつい口調で併右衛門が断じた。

「それはあまりでございましょう」

剣術にすがるしかない衛悟にしてみれば、看過できることではなかった。

「なんだ、文句があるのか」

併右衛門がじろりと衛悟をにらみ返した。

「……いえ」

己の養子口の世話を頼んだばかりである。剣術を軽視されて不満を抱いたが、それを呑みこまなければならなかった。

「ふん。まあ、隣家の誼《よしみ》じゃ。養子の口を探すくらいはしてやろう」

傲慢《ごうまん》な態度で、併右衛門が述べた。

「よろしくお願い申しあげまする」

深々と衛悟は頭を下げた。

「その前に、瑞紀の婿を探さねばならぬ」

「…………」

いきなり出てきた幼なじみの名前に、衛悟は黙った。

「瑞紀には、よいところから婿を迎えてやらねばならぬ。いくつか話は来ておるが、さほどの相手ではなくてな。焦らずともよいと思うが、良縁はどことも奪い合いになるでの。儂が奥右筆組頭である間に決めておきたい」

併右衛門が衛悟を無視して言った。

奥右筆組頭は、格でいえば勘定吟味役《かんじょうぎんみやく》の下とさほど高位ではない。だが、その権力はすさまじい。老中の決定でさえ、奥右筆が前例なしとして拒むこともできる。

そして奥右筆組頭を勤めあげた者の多くは、御広敷用人《おひろしきようにん》へと転じていく。御広敷用人は、大奥にいる将軍の正室、姫さま方に付けられ、その所用を承る。将軍の家族と親しく接するため、格は高いが、大奥にかかわるので、表とは隔離される。つまり、権力から遠ざけられるのだ。

これは長く権の側《そば》に居た奥右筆組頭から、その力をぬぐい去るためと言われていた。

もちろん、御広敷用人も立派な役であるが、奥右筆組頭とは力が違う。養子を取るにしても、奥右筆組頭のときと御広敷用人では、相手に大きな差が出た。

「大名とは言わぬが、千石以上からは迎えたいと考えておる。儂の力と実家の引きがあれば、婿もよい役目に就けよう」

「はあ」

衛悟は気乗りのしない返答をした。

千石以上の条件に、己は絶対に入らない。つまり、衛悟を瑞紀の婿として見てはいないと断言されたも同然であった。

「おっと長話をしてしまったの。まあ、そなたも婿に行きたいならば、なにかしら仲人口をきけるような技を身につけよ。なにもなければ、いかに儂とて世話しようがない。いや、世話した儂が恥を掻《か》くことになる」

併右衛門が衛悟に説教した。

「ご意見、肝に銘じまする」

衛悟は大人《おとな》しく一礼した。

「うむ」

満足した併右衛門が、屋敷へと向かった。

「おかえりいいいい」

供の中間《ちゅうげん》が大声をあげた。

これは役付旗本の自慢であった。旗本屋敷の大門は、主人あるいは格上の客でもなければ、開かれない。その大門を開けるときに大声を出す。これは主が帰還したとの合図であった。とはいえ、無役でそれをすると用もないのに出歩いて、恥を知れと周囲から馬鹿にされる。これは、役付旗本あるいは、相当な名門だけに許された特権のようなものであった。

「瑞紀どのに婿が……」

わかっていたことであり、あきらめたはずの想いを、もう一度衛悟は目の前に押しつけられた気がした。

「…………」

衛悟は無言で、潜《くぐ》り戸《ど》を押した。

併右衛門に言われたことが反動になった。衛悟は書や学問に背を向け、剣術に没頭した。

「まあよいか。あきらめるよりはましだ」

剣術にあからさまな依存を見せる衛悟を大久保典膳は見守った。

「あれでは、身体を壊しましょう」

朝から夕方まで続ける衛悟に、上田聖が嘆息した。

「それもまた修行よ」

大久保典膳が上田聖の心配を認めなかった。

「そなたが剣統を継いでくれるならばまだしも、黒田藩を辞めるわけには行くまい」

「はい」

藩士は一種の保護された身分である。大名家に庇護《ひご》され、一定の役割さえ果たしていれば、子々孫々まで喰える。

「これが柳生《やぎゅう》だとか、一刀流だとか、弟子であふれかえる道場ならば、そなたも考えるであろう。上田の家は親戚に譲り、己は道場を経営し、江戸に名を知らせる。だが、儂の道場は、やっと一人喰えるかどうかだ。とても引き合いにはできまい」

「…………」

そのとおりだが、弟子としてうなずくわけにはいかなかった。上田聖は沈黙した。

「もう少し見てからだが、衛悟に行く先がなければ、儂の跡を継がせようと思う。よいか」

「それは結構なことでございまする」

師の気遣いに、上田聖が喜んだ。

「ただ、それには、もう一枚、衛悟が剝けてくれねばならぬ」

「もう一枚でございまするか」

上田聖が首をかしげた。

「道場主というやつはな、剣術遣いでなければならぬのだ。剣以外のすべてを捨てられる者でなければな」

大久保典膳が難しい顔をした。

「すべてを捨てる……」

重い言葉に、上田聖が息を吞んだ。

「儂の家族を知っておるか。妻や子ではないぞ。おらぬからの。だが、儂とて木の股から生まれたわけではない。親兄弟はおる。それをそなたは聞いたことがあるか」

「いいえ」

上田聖が首を左右に振った。

「縁を切った。いや、勘当された」

「勘当とは、おだやかでございませぬ」

言った大久保典膳に、上田聖が驚愕した。勘当とは、一族の籍から抜くことをいった。いなかったものとして縁を切るのだ。親が死のうとも報さず、本人がなにをしようともかかわらない。商家が放蕩《ほうとう》息子の借財を押しつけられぬようにするためや、武家が家門を汚しそうな息子を切り離すために使った。

「儂の生まれは、関東の譜代大名の家中であった。それも藩でそこそこの名門でな。禄もまあまあもらっていた。儂はその家の三男として生まれた。普通であれば、儂は衛悟同様、どこかの家に養子に出るはずだった。ただ、不幸なことに、儂には剣の才能があった。藩の剣術指南役に見いだされた儂は、藩の金で諸国剣術修行にでた。三年の期限でな。帰って来れば、剣術指南役の家へ養子に入るはずだった」

大久保典膳が遠くを見るような目をした。

「剣術修行の旅は命がけよ。地方の道場を巡り、一夜の宿を請《こ》いながら仕合を求める。向こうが勝ちを収めればいい。歓待を受けたあと小遣い銭までもらって出て行ける。ぎゃくに、こちらが勝てば、襲われる。負けたとの噂が出るだけで剣術道場は潰れる。道場主も弟子も、そうなればそこに住んでいられなくなる。となれば、負けたことを隠さなければならぬ。それにはどうするか。簡単よ、勝った旅の修行者を殺してしまえばいい。勝者のいない勝負には敗者もおらぬからな」

「…………」

凄惨《せいさん》な話に、上田聖が顔をゆがめた。

「勝てば道場を出ることとさえ難しい。弟子たちが束になって襲いかかって来るからな。もっとも、これはまだかわいげのある対応じゃ。その場は帰し、闇討ちに来るなどまし。お話をお聞かせいただきたいと奥へ誘って、毒を盛る。あるいは、泊まらせて寝込みを狙う、弓矢鉄炮で狙撃するなど、あらゆる手で殺しにかかる。何度か危ない目に遭《あ》っているうちに、こちらも麻痺《まひ》してきてな。遠慮なくやりかえすようになった」

「人を斬ったと」

「ああ。数えきれぬくらいな。最初は吐いた。次は寝られなくなった。ふん。こんなもの、すぐに慣れたわ。三年目には人を斬ることに罪悪感を覚えなくなった。その状態で戻ってみよ。周囲は引くぞ。すさんだ目つきで異常な気迫を発しているのだからな」

大久保典膳が笑った。

「藩主公にも剣術を指南する者が、このように下卑《げび》てしまっては話にならぬ。養子の件はなかったことにと剣術指南役が言い出した。今から思えば無理のないことだが、当時の儂は約束が違うとしか思えなかった。そこで、剣術指南役に勝てば、その地位を与えられるだろうと、勝負を挑み、散々に打ち破ってくれた。その夜、しっかり襲われたわ。襲ってきた連中を返り討ちにしてみれば、剣術指南役の弟子たちばかり。つまり、同藩の者を斬ったことになる。闇討ちに対抗しただけとはいえ、人数が多すぎて、後難を怖れた親によって、勘当され、儂は追放された」

大久保典膳が淡々と語った。

「まあ、そのときに追っ手を出さないだけの常識はあったようだがな、藩にも。なにもなかったことにせねばまずいからな。追っ手を出して、儂を怒らせ、幕府に訴え出でもされたら大事になる。それに気づくくらいには家老たちは賢かったのだろう」

「…………」

告げ終わった大久保典膳に、上田聖はなにも言えなかった。

「まあ、結果として家を失い、係累を奪われた儂は、そのすべてを剣術に捧げることができたというわけじゃ」

「それを衛悟に……」

上田聖の目つきが変わっていた。

「家族と縁を切れなどというつもりはないわ。ただ、全身全霊の思いをもって剣に挑めと命じるだけじゃ。どこぞの家へ養子に入りたいなどという欲も捨てなければならぬ」

感情のない声で、大久保典膳が述べた。

「その覚悟を、衛悟に問う」

「今でございましょうか」

宣した大久保典膳に、上田聖が緊張した面持《おもも》ちで訊いた。

「いいや。今の衛悟ならば、一も二もなくうなずくだろう。行き先を求めているからな。それでは、剣の極致に至らぬ。自ら、剣しかないと思うまで待つ。衛悟には、まだ剣以外の道が見えているようじゃからな」

「それは……希望がなくなったときということで」

上田聖が震えた。

「剣に進む者など、皆、他になにもできぬ輩《やから》ばかりよ。別の道がないからこそ、邁進《まいしん》できる。そうであろう。黒田藩士の上田よ。たとえ妻を娶り、子をなすことさえ難しい貧乏道場の主だが、生涯飼い殺しよりはましであろう」

大久保典膳が冷たい目で上田聖を見つめた。

意地というのはいつまでも張り続けていられるものではなかった。併右衛門に反発して、剣術の稽古に没頭していた衛悟も、一ヵ月ほどで落ち着いた。ようは、疲れたのだ。人の身体は、連続しての酷使に耐えられるようにはできていない。結果、衛悟は普段の生活に戻った。

夜明け前に出ていたのを、五つ（午前八時ごろ）にするだけで、町の風景はまったく違ってくる。なにより人通りが違った。数百石から千石ていどの旗本屋敷が立ち並ぶ麻布簞笥町の朝は、登城する役人で賑《にぎ》わった。

「ご出立《しゅったつ》う」

屋敷を出た衛悟の背中に、中間の声が届いた。

「立花どののご登城か」

会いたくない相手である。衛悟はそそくさと歩き出そうとした。

「衛悟、待て」

気づいた併右衛門が衛悟を止めた。

「……これは、立花さま。おはようございまする」

声を掛けられてはいたしかたない。衛悟は足を止めて振り返った。

「剣術の稽古か」

「……はい」

嘘をついても意味がない。衛悟は首肯した。

「そうだ。衛悟がいたの」

併右衛門が一人で納得した。

「なんでございましょう」

わけのわからない衛悟は首をかしげた。

「昨今、いささか気になることがあってな。まあ、今はまだよい。いずれな。では、励めよ」

併右衛門が衛悟を激励して去っていった。

「なんなのだ」

衛悟はわけがわからなかった。先日、剣術を無用の長物として切り捨てた併右衛門の態度とは矛盾《むじゅん》していた。

「衛悟さま」

併右衛門の背中を見送っていた衛悟にふたたび声がかけられた。

「瑞紀どの、お父上さまのお見送りか」

立花家の門前に立つ瑞紀に、衛悟は問うた。

「お珍しいことだ」

あまり旗本の子女は、表門から出ない。見送りも玄関までが普通であった。

「最近、父の様子がおかしくて」

瑞紀が眉《まゆ》をひそめた。

「おかしいとは、どのように」

「遅くまで屋敷で仕事をしているのは変わりませぬが……」

幕政にかかわるすべての書付に携わる奥右筆組頭は多忙を極める。とても城中の役座敷で片付けられる量ではなく、仕事を屋敷に持ち帰るのが当たり前となっていた。

「なにやらみょうに、辺りを気にされて。昨夜など、夜中に雨戸を開けて、庭を燭台《しょくだい》で照らしておりました」

「盗賊の気配でもいたしましたか。立花どのは、このあたりでも裕福で聞こえておられるゆえ」

衛悟が口にした。

「盗賊……」

瑞紀が怖がった。

「ご心配あるな。拙者がござる。なにかあれば、すぐに駆けつけましょうほどに」

「さようでございました。衛悟さまがお守りくださるのならば、安心でございまする」

衛悟の宣言に、瑞紀が顔色を明るくした。

「では、わたくしは」

いつまでも男と外で立ち話はできない。あらぬ噂が立つ。一礼して瑞紀は屋敷へ入っていった。

「……聞き損ねたな」

衛悟は瑞紀の縁談がどうなっているかを気にしていた。

「関係ないか……」

小さく嘆息して衛悟は、道場へと向かった。

その夜、衛悟は併右衛門に呼び出された。

「毎日、儂を江戸城まで警固《けいご》いたせ。報酬《ほうしゅう》は月に二分。あと、よろしき養子口を探してやろう」

「承知いたしましてございまする」

併右衛門の条件に、衛悟は飛びついた。

苦難と死闘の日々を重ねたことで、衛悟と併右衛門の間には信頼が生まれ、それは衛悟と瑞紀との縁を紡《つむ》いだ。

一橋治済《ひとつばしはるさだ》の野望を粉砕した後、衛悟は瑞紀の婿となり、立花家へと籍を移した。

「……衛悟」

舅《しゅうと》となった併右衛門が、衛悟を呼んだ。

「そなたに呼び出しがあった。明日朝四つ（午前十時ごろ）、城中黒書院《くろしょいん》前に控えておれとのご諚《じょう》である」

「黒書院でございますか。それは……」

「ああ。そなたに役が与えられる」

確認した衛悟に、併右衛門がうなずいた。

「親子勤めでございまするか」

珍しいが、ないわけではなかった。親が隠居する前に息子が召し出されるのは、名誉なことであった。

「御広敷番頭《ばんがしら》だそうだ」

幕府の書付すべてを扱う奥右筆に、隠しごとはできなかった。

「……御広敷番頭とは、初役にしては大きすぎませぬか」

立花家の家格からいけば、初役は新番組《しんばんぐみ》か、大番組《おおばんぐみ》の平番士がふさわしい。御広敷の警固を担《にな》う番頭、持ち高勤めで役料二百俵は重すぎた。

「本田駿河守《ほんだするがのかみ》さまであろうな」

併右衛門が苦い顔をした。本田駿河守和成《かずなり》は五千石の名門旗本で留守居をしている。実務に長けた併右衛門を配下として引き抜こうと動いていた。

「……取りこまれてくれるなよ」

役付は将軍の命《めい》として扱われる。拒否はできなかった。併右衛門は、素直な娘婿に忠告を与えるしかできなかった。

「取りこまれる……またなにか起こるのでございますな」

衛悟が緊張した。

「…………」

二人が顔を見合わせて、深く嘆息した。

あとがき

「奥右筆秘帳」シリーズの外伝です。物語は一人一章の形態で、時期は本編が始まる前としております。

本編が終了してから、三年が経《た》ちました。おかげさまで皆様方のご支持をいただくことができ、「奥右筆秘帳」は版を重ねさせていただいております。

ありがたいことと心から感謝をいたしております。

「奥右筆秘帳」は、もともとベッドディテクティブ、いわゆる安楽椅子探偵を時代物でやってみようと考えて作ったものであります。

かなり早くからわたくしの脳内に存在しておりましたが、出版社の都合で出番がいささか遅くなりました。

講談社でお仕事をさせてもらう前、光文社からご依頼をいただいたとき、「勘定吟味役《かんじょうぎんみやく》」を主人公にしたものと奥右筆を軸にした物語の二つがあります。どちらととなりました。

当時の担当編集者氏がそう言われ、勘定吟味役が日を浴び、奥右筆は眠り続けるこ
「では、勘定吟味役で」

両方の役目の説明をつけて打ち合わせをしました。

をやりましょうか」

それから一年くらい経ってからだったでしょうか、講談社の編集者氏から会いたい
とご連絡をもらいました。
「『勘定吟味役異聞』のような変わった役職でありながら、色合いの違った物語とい
うのはできませんか」
大阪難波《なんば》のホテルのロビーラウンジで初めて会った編集者氏の求めに、わたくしは
奥右筆を呈示しました。
「こんな物語なんですが……奥右筆というのは今の大臣官房秘書課文書係のようなも
ので、幕府のすべての書付《かきつけ》を取り扱います。当然なかには厳秘とされるものもあった
はずです。幕府の闇をもっとも知る者といえましょう。その奥右筆が徳川の秘密に触
れ、命を狙われながらもそれを明らかにしていく。もちろん、筆の専門家です。剣な
んぞ使えません。そこで、隣家の次男坊で剣の達人を用心棒として……」

「では、それでいきましょう」

編集者氏が、担当編集者氏に変わった瞬間でした。

二ヵ月以上かけて書きあげた物語が形になるには、まだまだクリアするべき壁がいくつもありました。本として店頭に並んだのは、打ち合わせから八ヵ月ほど経っていました。未《いま》だ抜かれていない最長記録です。それが「奥右筆秘帳」第一巻『密封』でした。

おかげさまで「奥右筆秘帳」は最初からご好評をいただき、順調に巻を続け、版も重ねて参りました。しかし、物語はかならず終わりを迎えます。いえ、終わらなければなりません。

じつは十巻で終わろうと当初、わたくしは考えておりました。これは今まで八巻以上物語を紡《つむ》いだ経験がなかったため、これ以上長く続けると惰性《だせい》に落ちそうで怖かったからです。

「十巻で終わりたい」

わたくしが最初に物語の終わりを担当編集者氏に伝えたのは、八巻目の原稿を書き始めるあたりだったかと思います。

「あと三巻で終われますか」

あっさりと担当編集氏は、痛いところを突いてきました。

「無理でしょうねえ」

物語を終わらせるには、ルールがあります。最後へと物語を盛りあげつつ、今までばらまいてきた伏線を回収しなければなりません。さらにちゃんとつじつまを合わせ、読者さまにも納得いただけるような形で収束しなければなりません。

「じゃあ、十二巻で」

こうして「奥右筆秘帳」は十二巻で最終刊となりました。

筆を置いても、物語は死にません。わたくしの脳裏のなかで生き続け、なにかの拍子に立花併右衛門《たちばなへいえもん》が、衛悟《えいご》が、瑞紀《みずき》が、一橋治済《ひとつばしはるさだ》が顔を出してくるのです。これは作家という職業の業でしょう。絵空事とはいえ、何人もの人物を生み出し、背景を与え、動かしてきた。「奥右筆秘帳」という世界は滅んではいません。登場人物が生き続けている限り、物語も息をしている。

作家には、その生に答える義務があるのではないか。

わたくしのなかでそういった思いが膨《ふく》らみました。

とはいえ、「奥右筆秘帳」の後を継ぐ物語をすでに始めています。思いを残しながらも、現状に全力を尽くすしかありません。

そんな折です。担当編集者氏より、続編の話が出ました。あれは、「百万石の留守《るす》居役《いやく》」シリーズの取材で金沢へ行ったときのことでした。

「『奥右筆秘帳』の後日談というのを見てみたいのですが」

「今すぐは無理でしょう。やるなら、あのまま物語を続け、終わらせない形で続編へ移ったほうがきれいですし」

こういった会話を交わし、わたくしとしては新たな依頼を断ったつもりでおりました。

「読者の方から、お問い合わせが多いんですよ。『奥右筆秘帳』の続きはいつ出るんだと」

そこに担当編集者氏が止《とど》めを刺しに来ました。

読者さまの要望……これほど作家にとってうれしいものはなく、と同時に前の作品を上回らなければならないという重圧をかけてくるものはありません。

「じゃあ、今のシリーズが終わったらということで、後日談をやりましょう。立花併右衛門は奥右筆のままで、衛悟を留守居番か新番《しんばん》あたりの番方《ばんかた》に配して……」

「百万石の留守居役」を始めたばかりです。とてももう一つシリーズを書くだけの余裕はありませんでした。

「それまで読者の方をお待たせするのは……」

作家が逃げをうったのを真に受けるようでは、編集者はつとまりません。そこは腕利きと呼ばれる担当編集者氏です。

「どうでしょう、たまにでいいですから雑誌掲載という形で外伝を書きませんか」

見事な誘い言葉です。

「たまに」「雑誌掲載」。

この二つの単語に作家は弱いのです。たまにとなれば、余裕のあるときに書けばいい。雑誌連載だと一度の原稿枚数は五十枚から百枚ほどですむ。

「だったらやれるかなあ」

うっかりわたくしは返事をしてしまいました。金沢でおいしいお酒に酔っていたせいかも知れません。

さあ、言質《げんち》を取ってしまえば、こちらのものとばかりに、話は進みました。

「雑誌の編集長です」

新聞連載の打ち合わせだけだと思いこんで講談社へ行ったわたくしを出迎えたのは、「IN★POCKET」編集長のO女史でした。

「連載の開始ですが……」

「一話完結型で……」

「三ヵ月ごとに掲載し、四話で一つの区切りとしましょう」

見た目は触れれば折れそうなたおやかな美女ながらO女史は相当な遣り手《やて》で、あっという間にすべてが決まっておりました。

ともあれ、引き受けたお仕事は全力でしなければなりません。

奥右筆の続編はすでに構想にあります。どうなるかは未定ですが、今やっておりま

す「百万石の留守居役」シリーズの後に始めたいと考えております。

ただ続編には一つの縛《しば》りがあります。時系列です。続編という限り、本編終了時よ

りも未来でなければなりません。

どうしても遡《さかのぼ》りたいならば、わたくしのように外伝という形を取るか、題名にそ

の旨を記入するかしなければなりません。

そうです。外伝はどのような形でも取れます。過去の物語を紡ごうが、百年先を記

そうが、設定から逸脱さえしなければ許されます。

そこで今回は「奥右筆秘帳」が始まるまでを描くと決めました。

となると誰を選ぶかとなります。立花併右衛門は必須として、残りをどうするか。柊衛悟と冥府《めいふ》防人《さきもり》こと望月《もちづき》小弥太《こやた》もはずせません。問題は残りの一人です。脇役で外伝に登場するにふさわしい人物。一橋治済、松平《まつだいら》定信《さだのぶ》、十一代将軍家斉《いえなり》、留守居《るすい》本田《ほんだ》駿河守《するがのかみ》……候補は何人もいました。結果、一橋治済を選択いたしました。これは、やはり仇《かたき》側として最大の存在であったということと、冥府防人の過去に欠かせない人物であったからです。

それぞれの生き方、願い、恨み、欲。人には善悪の立場にかかわりなく、感情があります。併右衛門にも、衛悟にも、冥府防人にも、一橋治済にも、それぞれの思いがありました。できるだけ、主人公の立場ではなく、その人物の視点で書いたつもりでおります。是非《ぜひ》、ご高覧をたまわりたく存じます。

ここで問題になるのが、今回描かなかった人物たちです。

作品を重ねていると、登場人物が勝手に動き出すことがあります。これはどの作家でも経験していることです。当然、松平定信や将軍家斉が文句を言い出すでしょう。余《よ》の立場をちゃんと描けと。そしてきっと描くことになるでしょう。

もっともその前に、許されるならば別の外伝を書きたいと思っております。「奥右筆秘帳」の外伝には違いありませんが、女の物語をやってみたいのです。

立花瑞紀、望月絹《きぬ》らは「奥右筆秘帳」を彩ってくれました。その女たちの思いを形にしたいと思っております。

しかしながら、かつて我が師・故山村正夫は、

「男に女は描けない」

そう断言されておりました。

たしかに、男にとって女は永遠の謎《なぞ》です。

これはわたくしの先輩の話です。

ある夜、寝ていた先輩は気配を感じて目を醒《さ》ましました。目を開けると枕元に奥さんが正座して先輩を覗《のぞ》きこんでいたそうです。

「なにしてる」

思わず訊《き》いた先輩に、奥さんはこう言ったとか。

「あんた、わたしが今、なに考えているかわかる」

先輩はぞっとしたと震えながら話してくれました。そのころ、先輩はいささか夫婦関係に不適切なまねをされていたときだったので、とくに怖かったらしいです。

もう一度、申しあげておきます。先輩の話です。わたくしの実体験ではありません。

今の例をあげるまでもなく、女の人がなにを考えているかなど、男にはわかりません。ただ、こうあって欲しいとか、こうではないかと願い、類推することはできます。

瑞紀がいつ衛悟を好きになったのか、絹が一橋治済を受け入れたのは保護してもらう代償《だいしょう》だったのか、それとも共感を覚えたのか、これらはたぶん書き始めてからわかるのではないかと思っております。

最近、政治家が話題を提供してくれております。

金、不倫、暴言、野合と週替わり、日替わりで新聞、テレビを賑《にぎ》わせています。

このなかで金と政《まつりごと》は、大和《やまと》王朝ができる前から密接にくっついていたもので、賄《わい》賂《ろ》は能や狂言をはるかに凌《しの》ぐ、日本の伝統なのです。決してなくなることはありません。

そのなかで歴史上もっとも有名なのが田沼《たぬま》政治でしょう。

昨今、田沼意次《おきつぐ》の政策を見直すという機運が高まっております。わたくしも意次の政策は、完遂できれば国を富ませただろうと考えています。あと十年、田沼政権が続いていたら、幕府の財政は好転し、明治維新はおこらなかったかも知れません。

しかし、田沼は政争に負けました。取って代わったのが倹約の松平定信、世に言う寛政《かんせい》の改革です。昨日までみんな浮かれて金を撒《ま》いていたのが、一気に贅沢《ぜいたく》が禁止された。大変化です。豪商でも品物が売れず、夜逃げしたところも出ました。放漫から緊縮、経済的成長の急激な減速。

似ていませんか、平成の日本と。バブルに浮かれ、一丁数千円の豆腐、千円の即席麺が飛ぶように売れ、今日買った不動産が明日には大きく上がっている。銀行は金を貸し、国民は贅沢を極めました。

しかし、実体のない経済は永遠に続きません。バブルは一気に崩れ、世のなかが恐慌《きょう》に陥《おちい》ると、倹約しよう、改革しようという声が大きくなりました。

「痛みのある改革を耐えきれば……世のなかはよくなる」

旗を振った政治家もいました。平成の松平定信というべき宰相《さいしょう》の登場に皆が期待しました。

その結果が、長い不景気でした。給料は上がらず、物価は低迷し、国民から余裕がなくなりました。痛みをと言われて切り捨てられたところもあります。もちろん、すべてが悪かったわけではありません。リサイクル、もったいない、不要な贅沢はしないなど、日本人をかつての勤勉なころへ少し押し戻したとは思います。

しかし、経済が動かなければ、国民の生活はよくなりません。二十年も続いた不況に国民が疲れたとき、経済第一を強くうたった宰相が出て、ようやく金が回り出したかに見えます。

田沼政治がバブル、寛政の改革が痛みを伴う改革、そして松平定信が失脚した後、将軍家斉が主導した改革の否定が、現在の与党政治。奥右筆の舞台となった時代は、まさに現代です。

もし、歴史に学ぶとしたら……次に来るのは水野忠邦《みずのただくに》による天保《てんぽう》の改革、そうまた倹約を美徳とする経済的緊迫期が訪れ、疲弊《ひへい》した下級武士の不満が爆発して、明治維新へと移行する。

今度の維新は果たして、日本人に良い結果をもたらすでしょうか。

明治維新は、幕府という封建制度を破壊したように見えますが、結果、華族という新たな支配層を生み出しただけでした。そして、他国と一度も争わないという希有《けう》な歴史を重ねた江戸時代が崩れた途端、日本は周辺諸国への侵略を始めました。維新も改革です。改革は決して最良ではないとわたくしは思います。

継承、継承とわたくしは物語のなかでうるさいほど言っています。もちろん、すべてを継承するのが正しいとは思っておりません。ただ、残しておくべき技術、文化、思想を古い考えだ、あるいは効率が悪いとして切り捨てるのはどうでしょうか。もう一度、必死で働いていた父親の背中を思い出してもいいと思うのです。

長々と失礼をいたしました。

「奥右筆秘帳」は皆様のおかげで、生き続けています。今回の外伝は、皆様のご声援で生まれました。

繰り返しますが、深く深く感謝しております。

また新たな「奥右筆秘帳」でお目にかかれますことを願いまして、あとがきを終わらせていただきます。

皆様方のご健康とご発展を、心より祈念いたしております。

ありがとうございました。

平成二十八年三月　寒さ厳しい朝に　上田秀人　拝

本書は文庫オリジナルです。

初出
「IN★POCKET」二〇一五年三月号・六月号・九月号・十二月号

|著者| 上田秀人　1959年大阪府生まれ。大阪歯科大学卒。'97年小説CLUB新人賞佳作。歴史知識に裏打ちされた骨太の作風で注目を集める。講談社文庫の「奥右筆秘帳」シリーズは、「この時代小説がすごい！」（宝島社刊）で、2009年版、2014年版と二度にわたり文庫シリーズ第一位に輝き、第3回歴史時代作家クラブ賞シリーズ賞も受賞。「百万石の留守居役」は初めて外様の藩を舞台にした新シリーズ。このほか「禁裏付雅帳」（徳間文庫）、「聡四郎巡検譚」（光文社文庫）、「闕所物奉行裏帳合」（中公文庫）、「表御番医師診療禄」（角川文庫）、「町奉行内与力奮闘記」（幻冬舎時代小説文庫）、「日雇い浪人生活録」（ハルキ文庫）などのシリーズがある。歴史小説にも取り組み、『孤闘　立花宗茂』（中公文庫）で第16回中山義秀文学賞を受賞、『竜は動かず　奥羽越列藩同盟顛末』（講談社文庫）も話題に。総部数は1000万部を突破。
上田秀人公式HP「如流水の庵」 http://www.ueda-hideto.jp/

前夜《ぜんや》　奥右筆外伝《おくゆうひつがいでん》
上田秀人《うえだひでと》

2016年4月15日第1刷発行
2021年6月2日第2刷発行

講談社文庫
定価はカバーに表示してあります

発行者――鈴木章一
発行所――株式会社　講談社
東京都文京区音羽2-12-21　〒112-8001
電話　出版（03）5395-3510
　　　販売（03）5395-5817
　　　業務（03）5395-3615

KODANSHA

デザイン―菊地信義
本文データ制作―講談社デジタル製作
印刷―――豊国印刷株式会社
製本―――株式会社国宝社

Printed in Japan

ISBN978-4-06-293360-5

講談社文庫刊行の辞

二十一世紀の到来を目睫に望みながら、われわれはいま、人類史上かつて例を見ない巨大な転換期をむかえようとしている。

世界も、日本も、激動の予兆に対する期待とおののきを内に蔵して、未知の時代に歩み入ろうとしている。このときにあたり、創業の人野間清治の「ナショナル・エデュケイター」への志を現代に甦らせようと意図して、われわれはここに古今の文芸作品はいうまでもなく、ひろく人文・社会・自然の諸科学から東西の名著を網羅する、新しい綜合文庫の発刊を決意した。

激動の転換期はまた断絶の時代である。われわれは戦後二十五年間の出版文化のありかたへの深い反省をこめて、この断絶の時代にあえて人間的な持続を求めようとする。いたずらに浮薄な商業主義のあだ花を追い求めることなく、長期にわたって良書に生命をあたえようとつとめるところにしか、今後の出版文化の真の繁栄はあり得ないと信じるからである。

同時にわれわれはこの綜合文庫の刊行を通じて、人文・社会・自然の諸科学が、結局人間の学にほかならないことを立証しようと願っている。かつて知識とは、「汝自身を知る」ことにつきていた。現代社会の瑣末な情報の氾濫のなかから、力強い知識の源泉を掘り起し、技術文明のただなかに、生きた人間の姿を復活させること。それこそわれわれの切なる希求である。

われわれは権威に盲従せず、俗流に媚びることなく、渾然一体となって日本の「草の根」をかたちづくる若く新しい世代の人々に、心をこめてこの新しい綜合文庫をおくり届けたい。それは知識の泉であるとともに感受性のふるさとであり、もっとも有機的に組織され、社会に開かれた万人のための大学をめざしている。大方の支援と協力を衷心より切望してやまない。

一九七一年七月

野間省一

上田秀人公式ホームページ「如流水の庵」
http://www.ueda-hideto.jp/

講談社文庫「百万石の留守居役」ホームページ
http://kodanshabunko.com/hyakumangoku/

講談社文庫「奥右筆秘帳」ホームページ
http://kodanshabunko.com/okuyuhitsu/

〈既刊紹介〉

上田秀人作品◆講談社

百万石の留守居役《るすいやく》 シリーズ

老練さが何より要求される藩の外交官に、若き数馬が挑む！

第一巻『波乱』２０１３年１１月　講談社文庫

外様第一の加賀《かが》藩。旗本から加賀藩士となった祖父をもつ瀬能数馬《せのうかずま》は、城下で襲われた重臣前田直作《まえだなおなり》を救い、五万石の筆頭家老本多政長《ほんだまさなが》の娘、琴《こと》に気に入られ、その運命が動きだす。江戸で数馬を待ち受けていたのは、留守居役《るすいやく》という新たな役目。藩の命運が双肩にかかる交渉役には人脈と経験が肝心。剣の腕以外、何もない若者に、きびしい試練は続く！

上田秀人作品◆講談社

第一巻
『波乱』
2013年11月
講談社文庫

第二巻
『思惑』
2013年12月
講談社文庫

第三巻
『新参』
2014年6月
講談社文庫

第四巻
『遺臣』
2014年12月
講談社文庫

第五巻
『密約』
2015年6月
講談社文庫

第六巻
『使者』
2015年12月
講談社文庫

第七巻
『貸借』
2016年6月
講談社文庫

第八巻
『参勤』
2016年12月
講談社文庫

第九巻
『因果』
2017年6月
講談社文庫

第十巻
『忖度』
2017年12月
講談社文庫

第十一巻
『騒動』
2018年6月
講談社文庫

第十二巻
『分断』
2018年12月
講談社文庫

第十三巻
『舌戦』
2019年6月
講談社文庫

第十四巻
『愚劣』
2019年12月
講談社文庫

第十五巻
『布石』
2020年6月
講談社文庫

第十六巻
『乱麻』
2020年12月
講談社文庫

〈以下続刊〉

上田秀人作品◆講談社

奥右筆秘帳《おくゆうひつ》シリーズ

「筆」の力と「剣」の力で、幕政の闇に立ち向かう圧倒的人気シリーズ！

第一巻『密封』2007年9月 講談社文庫

江戸城の書類作成にかかわる奥右筆組頭《おくゆうひっくみがしら》の立花《たちばな》併右衛門《へいえもん》は、幕政の闇にふれる。帰路、命を狙われた併右衛門は隣家の次男、柊衛悟《ひいらぎえいご》を護衛役に雇う。松平定信《まつだいらさだのぶ》、将軍家斉《いえなり》の父・一橋治済《ひとつばしはるさだ》の権をめぐる争い、甲賀《こうが》、伊賀《いが》、お庭番の暗闘に、併右衛門と衛悟は巻き込まれていく。「この時代小説がすごい！」(宝島社刊)でも二度にわたり第一位を獲得したシリーズ！

上田秀人作品◆講談社

第一巻
『密封』
2007年9月
講談社文庫

第二巻
『国禁《こっきん》』
2008年5月
講談社文庫

第三巻
『侵蝕《しんしょく》』
2008年12月
講談社文庫

第四巻
『継承』
2009年6月
講談社文庫

第五巻
『簒奪《さんだつ》』
2009年12月
講談社文庫

第六巻
『秘闘』
2010年6月
講談社文庫

第七巻
『隠密』
2010年12月
講談社文庫

第八巻
『刃傷』
2011年6月
講談社文庫

第九巻
『召抱《めしかかえ》』
2011年12月
講談社文庫

第十巻
『墨痕《ぼっこん》』
2012年6月
講談社文庫

第十一巻
『天下』
2012年12月
講談社文庫

第十二巻
『決戦』
2013年6月
講談社文庫

〈全十二巻完結〉

前夜　奥右筆外伝

併右衛門、衛悟、瑞紀《みずき》をはじめ宿敵となる冥府《めいふ》防人《さきもり》らそれぞれの「前夜」を描く上田作品初の外伝！

2016年4月
講談社文庫

上田秀人作品◆講談社

天主信長 〈表〉我こそ天下なり 〈裏〉天を望むなかれ

本能寺と安土城、戦国最大の謎に二つの大胆仮説で挑む。

信長の死体はなぜ本能寺《ほんのうじ》から消えたのか？　安土《あづち》に築いた豪壮な天守閣の狙いとは？
信長の遺《のこ》した謎に、敢然と挑む。　文庫化にあたり、別案を〈裏〉として書き下ろす。
信長編の〈表〉と黒田官兵衛編の〈裏〉で、二倍面白い上田歴史小説！

〈表〉我こそ天下なり
2010年8月　講談社単行本
2013年8月　講談社文庫

〈裏〉天を望むなかれ
2013年8月　講談社文庫

梟《ふくろう》の系譜 宇喜多四代

戦国の世を生き残れ！
梟雄と呼ばれた宇喜多秀家の真実。

織田、毛利、尼子《あまこ》と強大な敵に囲まれた備前に生まれ、勇猛で鳴らした祖父能家《よしいえ》を裏切りで失い、父と放浪の身となった直家《なおいえ》は、宇喜多《うきた》の名声を取り戻せるか？

『梟の系譜』2012年11月　講談社単行本
2015年11月　講談社文庫

軍師の挑戦 上田秀人初期作品集

斬新な試みに注目せよ。
上田作品のルーツがここに！

デビュー作「身代わり吉右衛門」（「逃げた浪士」に改題）をふくむ、戦国から幕末まで、歴史の謎に果敢に挑んだ八作。上田作品の源泉をたどる胸躍る作品群！

『軍師の挑戦』2012年4月　講談社文庫

上田秀人作品◆講談社

竜は動かず 奥羽越列藩同盟顛末

〈上〉万里波濤編
〈下〉帰郷奔走編

世界を知った男、玉虫左太夫は、奥州を一つにできるか？

仙台の下級藩士の出ながら、江戸で学問を志した玉虫左太夫に上田秀人が光を当てる！勝海舟、坂本龍馬と知り合い、遣米使節団の一行として、世界をその目に焼きつける。郷里仙台では、倒幕軍が迫っていた。この国の明日のため、左太夫にできることとは？

〈上〉万里波濤編
2016年12月　講談社単行本
2019年５月　講談社文庫

〈下〉帰郷奔走編
2016年12月　講談社単行本
2019年５月　講談社文庫

講談社文庫　目録

2021年3月12日現在